共和国的历程

雪域奇兵

发起昌都战役

刘干才　编写

蓝天出版社　吉林出版集团有限责任公司

图书在版编目（CIP）数据

雪域奇兵：发起昌都战役 / 刘干才编写.
一北京：蓝天出版社，2014.1（2023.3重印）
（共和国的历程）
ISBN 978-7-5094-1108-7

Ⅰ．①雪… Ⅱ．①刘… Ⅲ．①革命故事－作品集－中国－当代 Ⅳ．
①I247.8

中国版本图书馆 CIP 数据核字（2013）第 305494 号

雪域奇兵——发起昌都战役

编　　写：刘干才
策　　划：金永吉　荆忠峰
责任编辑：祖　航　梅广才
出版发行：蓝天出版社　吉林出版集团有限责任公司
地　　址：北京市复兴路 14 号
邮　　编：100843
电　　话：010—66983715
经　　销：全国新华书店
印　　刷：北京柏玉景印刷制品有限公司
开　　本：710mm×1000mm　1/16
字　　数：69 千
印　　张：8
版　　次：2014 年 4 月第 1 版
印　　次：2023 年 3 月第 3 次
定　　价：29.80 元

前　言

　　中华人民共和国自 1949 年 10 月 1 日成立以来，已走过了六十多年的风雨历程。历史是一面镜子，我们可以从多视角、多侧面对其进行解读。然而有一点是可以肯定的，那就是，半个多世纪以来，在中国共产党的领导下，中国的政治、经济、军事、外交、文化、教育、科技、社会、民生等领域，都发生了深刻的变化，中国人民站起来了，中华民族已屹立于世界民族之林。

　　这段时间放到整个历史长河中是短暂的，有如弹指一挥间，但它带给中国的却是极不平凡的。六十多年里神州大地经历了沧桑巨变。从开国大典到 60 年国庆盛典，从经济战线上的三大战役到经济总量居世界前列，从对农业、手工业、资本主义工商业的三大改造到社会主义市场经济体制的基本确立，从宜将剩勇追穷寇到建立了强大的国防军，从废除一切不平等条约到独立自主的和平外交政策，从"双百"方针到体制改革后的文化事业欣欣向荣，从扫除文盲到实施科教兴国战略建设新型国家，从翻身解放到实现小康社会，凡此种种，中国人民在每个领域无不留下发展的足迹，写就不朽的诗篇。

　　六十几年在历史的长河中犹如沧海一粟，但对身处其间的个人却是并非无足轻重的。其间究竟发生了些什么，怎样发生的，过程怎样，结果如何，非人人都清楚知道的。对此，亲身经历者或可鲜活如昨，但对后来者却可能只是一个概念，对某段历史的记忆影像或不存在或是模糊的。基于此，为了让年轻人，特别是青少年永远铭记共和国这段不朽的历史，我们推出了这套《共和国的历程》。

《共和国的历程》虽为故事形式，但与戏说无关，我们是想借助通俗、富于感染力的文字记录这段历史。这套丛书汇集了在共和国历史上具有深刻影响的重大历史事件。在丛书的谋篇布局上，我们尽量选取各个时代具有代表性的或深具普遍意义的若干事件加以叙述，使其能反映共和国发展的全景和脉络。为了使题目的设置不至于因大而空，我们着眼于每一重大历史事件的缘起、过程、结局、时间、地点、人物等，抓住点滴和些许小事，力求通透。

历史是复杂的，事态的发展因素也是多方面的。由于叙述者的视角、文化构成不同，对事件的认知或有不足，但这不会影响我们对整个历史事件的判断和思考，至于它能否清晰地表达出我们编辑这套书的本意，那只能交给读者去评判了。

这套丛书可谓是一部书写红色记忆的读物，它对于了解共和国的历史、中国共产党的英明领导和中国人民的伟大实践都是不可或缺的。同时，这套丛书又是一套普及性读物，既针对重点阅读人群，也适宜在全民中推广。相信它必将在我国开展的全民阅读活动中发挥大的作用，成为装备中小学图书馆、农家书屋、社区书屋、机关及企事业单位职工图书室、连队图书室等的重点选择对象。

编　者
2014 年 1 月

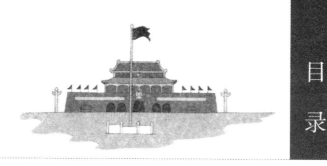

目录

一、 部署进军西藏

● 毛泽东在莫斯科访问期间致电西南局，要求
  西南局尽快进军西藏。

● 刘伯承、邓小平两人都觉得犯难了，这是一
  个很棘手的任务，不但进军西藏十分困难，
  而且入藏的人员更不好选。

● 刘伯承说："这次是交给你们一个非常重要、
  非常艰巨、非常光荣的任务！"

刘、邓选定十八军进军西藏

1950 年毛泽东在莫斯科访问期间致电西南局，要求西南局尽快进军西藏。

毛泽东在莫斯科发的电报很快就转到了西南局。

在重庆的曾家岩，刺眼的阳光从大半个窗户外照射进来，虽然还是深冬季节，但是房间里十分闷热。

邓小平看完电报后，没有说话，就把电报给了刘伯承。邓小平坐在椅子上，抬头看着窗外的阳光，沉闷地抽着烟。

刘伯承用手推了推眼镜，拿着电报认真地看着，没有说话。

看完电报后，刘伯承把电报轻轻地放在桌子上，把手插在袖管里，站了起来，在房间里踱着步子。

房间里烟雾缭绕，烟气顺着窗子飘到了外边。

刘伯承抬头看了一下邓小平，又低下头思索着。

看得出来，两人都觉得犯难了，这是一个很棘手的任务，不但进军西藏十分困难，而且入藏的人员更不好选。这是个苦差事，到底该派谁出兵西藏呢？谁又能担当这个重任呢？这个人是否又愿意接受这个任务呢？

二野的部队本来就少，只有 3 个兵团，9 个军。刘伯承与邓小平两个人一时间不知道如何定夺，但是中央的命令必须坚决执行，而且进军西藏关系到整个民族的利益，马虎不得。

两人不约而同地想到了一个人，觉得无论从地理位置，还是从经济、时间上分析，贺龙的第六十二军最合适，而且这个军现在已经占据了西康省会雅安，由这支军队进军西藏会比较有把握。

但两人很快又觉得不妥，最艰苦的工作最好还是由二野的老部队来执行。

他们又把自己的 9 个军一个个拿出来分析，认为十军的战斗力最强，进军西藏很有希望。不过令他们遗憾的是，军长杜义德近来身体不太好。

"让'地主'去吧!"邓小平吐了最后一口烟，然后把烟头丢在了烟灰缸里，突然说了一句看似玩笑的话。

"谁?"刘伯承急切地问邓小平。

"张国华"邓小平也站起来，微微一笑。看得出来，邓小平对这个人很欣赏，觉得他可以完成进军西藏的任务。

"我也正在打他的主意。好，就叫他去!"刘伯承和邓小平对视一下，笑了起来。

两人都认为，十八军军长张国华比较年轻，既当过军事指挥员，又做过政治工作和地方工作。在解放战争时期，屡挫数倍强敌的进攻，开辟和巩固了豫皖苏解放区，对转入战略反攻和实施淮海决战起了重要作用。

所以，张国华率领部队进军西藏是适当的。

部署进军西藏

在部队组成上，考虑各部队都已进到指定位置，正在"安家"，是从各兵团抽调三个师组建进藏部队，还是由十八军全军执行进藏任务呢？

刘、邓两人认为：进军西藏时间紧迫，任务艰巨，前者不利于统一指挥。特别是在进藏初期，部队要起军政府的作用，要建党建政，要开展地方工作，要搞生产建设。十八军这支部队英勇善战，作风优良，并且在军、师领导层中，有一大批老红军、老八路、老新四军干部，能够承担起这一重大任务。

刘、邓二人就马上电令十八军主力集结乐山、丹棱地区整训待命，让张国华及每师一个负责同志速来重庆受领新任务。

这样，进军西藏这一光荣而又艰巨的历史使命，最后落在了十八军的肩上。

刘、邓二人于 1950 年 1 月 7 日上报毛泽东和党中央，同时发给当时还在成都的贺龙。

电报内容如下：

一、毛主席及德怀同志关于西藏问题的两电均收到。经我们考虑后，完全同意于今年即九月占领全藏。根据敌情，尤其交通经济条件来说，在兵力派遣上先以一个军去，惟在开辟时，则准备以另一个师给予加强之。在康藏两侧之新青两省及云南邻界，各驻防兄弟部队如可能时予以协助。

二、拟定以二野之十八军担任入藏任务，以张国华为统一领导的核心，已指令该军集结整训，并召张及各师干部速来重庆受领任务，解决进军西藏中的运输诸问题。

三、拟请由十八兵团在经营西康之部队中指定一个师随同十八军先期进入西康之西部。如需要时，则由张国华统一指挥参加藏东作战，任务完成后，随即归还西康。

以上意见是否可行，请中央毛主席及贺龙同志审核。

1月8日，张国华接到电报后一惊，他马上意识到，任务有变！当时张国华正带领他的部队开辟川南新区，大批干部已被派往川南各地担任县市领导了，政委谭冠三已喝过十八军的送行酒，就要去自贡市当市委书记了，张国华本人也已就任了川南行署第一任主任。

军令如山。张国华立刻赶往了重庆，在路上他思索着：这是让我去哪里呢？是云南？但那是四兵团的驻地。是去西康？可十八兵团已经进驻。打台湾？不过这有三野。思来想去，张国华觉得也就只有去西藏了。因为新疆解放后，下一步行动就应该是西藏了。

部署进军西藏

十八军接受进藏任务

1950 年 1 月 10 日，张国华到了曾家岩之后，刘、邓就把毛泽东要二野进军西藏的命令告诉了张国华，并让张国华在二野所有部队中任意挑选 3 个主力师，组成 3 万人的一个军。

刘伯承见张国华不言语，问道："你的意见如何？"

张国华没有立即表态。他觉得，这样组成的军队战斗力是比较强的，但是进藏不只是打仗，更多的是政治斗争。要把和平解放西藏作为进军重点，对这个准备临时组建的军队来说，张国华没有太大把握。

另外，他也很难想明白自己领导的十八军为什么要接受这个任务。他们本来要去贵州的，刘、邓考虑到十八军过江以来跑路最多，比较辛苦，于是中途便让十八军改进川南。正当大家准备向川南行进时，却突然接到命令去西藏，他们能想明白吗？

然而，张国华很清楚，这是关系到整个国家统一的大事，西藏问题必须解决，这个任务交给他了，他就必须出色地完成。就这样，张国华下定了进藏的决心。他用一种坚定的声音对刘伯承和邓小平说：

"我愿意接受这个任务，带领十八军完成祖国统一的大业。"

"你觉得有没有把握？"邓小平转而问张国华。

"问题不大。"张国华回答道。

两位首长看着他都欣慰地笑了。

于是，邓小平便对张国华说："那就这样定了！我们马上报告中央，你还有什么困难吗？"

"现在还没有想到。"张国华嘿嘿笑道。

"有困难要说话，全二野都会支援你们。"刘伯承拍了拍张国华的肩膀给他鼓劲儿。

张国华对两位首长说保证完成任务，是因为在他的军队里有很多参加过长征的老红军，还有大量懂政治、有文化的干部。这些都让他有信心。

十八军担任进军西藏的任务后，第二野战军于1月10日电告第五兵团：十八军直属二野指挥，现脱离五兵团建制。

在张国华到达了重庆几天后，军参谋长陈明义率供给部长赖荣光、卫生部长陈致明、五十二师政委刘振国和副师长陈子植、五十三师师长金绍山、五十四师师长张忠也到达了重庆。

西南局另一个重要首长贺龙，在得知西南局第二野战军受领了进军西藏的任务后，马上开展了对西藏实地情况的考察，为十八军挺进西藏提供信息资料。

贺龙还组织召开了关于康藏问题的专家学者座谈会，邀请华西大学教授李安宅和副教授于式玉、四川大学教授任乃强、法尊大师谢国安等人参加。他们对进藏道路、

部署进军西藏

政治、经济、民族、宗教、军事及气候等情况，进行了初步的分析研究，还请任乃强绘制了康藏地区地图，由二野司令部测量队印发给张国华的十八军。

1月10日，贺龙就进藏路线、藏军力量、康藏气候以及宗教等问题。写出详细报告，上报党中央、毛主席。

报告最后在分析了达赖与班禅的历史地位和相互关系后建议：

> 对宗教问题处理得适当与否，是一个决定的关键，因而要十分慎重。一般的见解是前方派赴易，后方勤务难；军事收拾易，政治收拾难。国民党在康藏所以失败，即由于对其内部宗教问题处理得不好，绝非捧一个在外的班禅所能决定的。英国的势力能够伸张进去，也是从宗教问题着手的。

刘、邓召开进军动员大会

在解放军部署进军西藏的时候，"藏独"分子在英美等帝国主义的干预和挑拨下，进行着分裂国家的阴谋活动，而且非常猖獗。

1950年1月，美国合众社向世界发出电讯："西藏将派出亲善使团分赴英、美、印、尼和北京表示独立。"

西藏反动当局更是像跳梁小丑一样，想尽办法阻止解放军进入西藏。在高原的上空，法号凄厉，喇嘛在寺庙里念咒经诅咒解放军。藏民16岁以上、60岁以下的男子陆续被征召入伍，藏军迅速膨胀起来。

新生的共和国面临着严峻的考验，如果再拖延时间的话，西藏问题恐怕就很难解决了，所以进军西藏刻不容缓。

1950年1月11日，刘、邓接见十八军师以上干部，准备动员十八军的领导层，希望他们能够尽快进军西藏，当然，更重要的是讨论如何争取西藏问题的和平解决，如何团结藏族老百姓和西藏的爱国人士等。

张国华、谭冠三、王其梅等人在1月10日晚上接到通知后，第二天一大早就赶到曾家岩，在二野司令部会议室等候刘、邓首长的指示。

刘伯承走进会议室时，张国华等人"唰"地站起来给首长敬礼。

部署进军西藏

刘伯承满脸微笑，一边和他们一一握手，一边说："坐下，坐下坐下，都是经常见面的人，不要这么客气。"

刘伯承素来不苟言笑。尽管今天他面带笑意，张国华等人仍本能地端端正正地坐好，连谭冠三这位老将也把腰板挺得笔直，两只手规规矩矩地放在膝盖上。

刘伯承笑笑说："你们放轻松点，别那么拘束。你看谭政委，太正规了嘛，把手放下来，放下来。你们架着二郎腿也没有什么不好。"

刘伯承扫一眼这些打仗猛如张飞，而此时又像小学生一样规规矩矩坐在周围的十八军将领，笑着说："小平同志有个重要的会不能来，他让我先问候你们。"

张国华等人齐声说："感谢邓政委。"

刘伯承走到张国华面前，用手扶了扶眼镜，对他笑着说道："你没得 40 岁吧?"

"36 啦!"张国华挺起胸脯大声地说道。

"好嘛，很年轻嘛。36 按虚岁是属兔的，兔子灵活，跑跳都很行，特别是爬山。"刘伯承乐呵呵地拍了拍他的肩膀，很满意地说。

"已经开始走下山路喽。"张国华也嘿嘿地笑。

"下山?还早得很呢。"刘伯承再次拍了拍张国华。

刘伯承又笑着对谭冠三说："这里除了我和你，他们几个都是 30 来岁的年轻人嘛，朝气蓬勃，手脚灵活，又都是红军时期的，准备叫你们挑重担子。"

"请司令员下命令吧!"听到首长这么说，大家便异口同声地回答。

刘伯承突然又严肃起来，对大家说："这次是交给你们一个非常重要、非常艰巨、非常光荣的任务！党中央、毛主席决定由十八军担任解放西藏的任务。"

刘伯承用了三个"非常"，可见任务的重要性。张国华和谭冠三等人一听，大声说道："请司令员放心！我们坚决完成这个任务，决不辜负党中央、毛主席对十八军的信任！"

刘伯承点点头："好，很好！共产党员就要有这股子劲头，这就叫做党性。西藏这地方很不平常，困难多，也很艰苦，你们要做好充分的思想准备和物资准备。党中央、毛主席非常关心这次进军，我们要动员全野战军来支援你们。"

刘伯承的心中其实也很愧疚，毕竟十八军已经很劳累了，现在又进军西藏，他怕大家会有情绪。但刘伯承对十八军师以上的领导班子成员是非常满意的，他用和蔼的目光依次扫视着十八军的这些将领：

部署进军西藏

文质彬彬的苗丕一；又矮又瘦，精力充沛的陈子植；充满书生气，说话慢条斯理，满脑子都是点子，很有统战经验的十八军敌工部部长陈竞波；头顶微秃的甘炎林；很讲究仪表，全二野有名的少壮派，十八军参谋长，河南人陈明义；老成持重，满腹才气，曾参加秋收起义，又是老红军的十八军政委谭冠三。有这些优秀的将领跟着张国华，就不会担心西藏的那群叛军了。

　　1月15日，在二野司令部的作战室里，正在召开动员大会。在会议室的墙上挂着一张陈旧的西藏地图，地图上方是毛泽东主席和朱德总司令的画像，庄严肃穆。会议由邓小平主持，他首先大略讲述了今后进军西藏的政策。接着，刘伯承传达了党中央、毛主席关于进藏的任务。他说："毛主席命令今年进军西藏，这是民主力量与帝国主义斗争的必然趋势，势在必行。夜长则梦多，英国人现在承认我们中华人民共和国对西藏的主权，是由于我们强大，拿我们没办法，因为以后两国还要来往。但他们的骨子里是恨我们的，如果有条件，他们还是想扶持西藏分裂势力，把西藏置于他们的控制之下。因此，我们宜早不宜迟，必须尽早进军西藏。根据气候特点，毛主席要求我们4月至10月进藏。"

　　十八军这些战士都是些老八路、老红军，可谓是身经百战，还从来没有在战场上退缩过。可是在这个时候，都规规矩矩地坐在那里，一动不动，也不说一句话。虽然他们曾对邓小平和刘伯承下了保证，但心里还是没有十分的把握。

　　这一切都让邓小平看在眼里。他目光如电，仔细观察着每个人的表情。接着刘伯承的话，邓小平铿锵有力地对大家说道："西藏地方政府军队兵力有六七千人，如果向三大寺征兵，则会心生反抗，如向农牧民或其他寺庙征兵，最多有3万人，实际上只能到两万人左右，所以军事上我们占优势。"

邓小平先说了我军的优势，但他话锋突然一转，从军事谈到了政治。他敲敲桌面，意思是让大家特别注意，远征西藏，要讲政治团结，而不光是军事争斗。

然后，邓小平就从西藏的历史与现实的比较中进一步阐述。他说西藏是少数民族地区，政治、经济、文化等方面均有其特殊性，要争取政治方式解决。解放西藏有军事问题，但军事与政治比较，政治是主要的。

邓小平说："从历史上看，历代对藏多次用兵未果，而解决者亦多靠政治，如唐朝。以后用兵均未成。在宗教问题上，达赖是有些力量的，但其力量不会很大。要团结达赖、班禅两大派，要靠政策走路，靠政策吃饭，军事、政治协同解决。必须解决运输补给的公路，我军需要相当多的兵力，但力量过大，则会引起以后问题不好解决。入藏兵力确定 3 万人，力求精干，补给线上 1 万，加强兵站线。"

"为什么要十八军干呢？"邓小平笑着看了一眼张国华说，"主要是干部问题，你们是地主大户嘛！"

邓小平最后的一句话，让在场的人都笑了。

这个时候，刘伯承司令员也幽默地说："你们都很年轻，是进军西藏的各路诸侯。西藏这个地方非常特殊、敏感，历史上一些帝王将相多次用兵，有的翻了船，损兵折将，有的不战自退。我们是人民的军队，要处处体现出王者之师，仁义之师的形象。"

邓小平笑过之后，又严肃地告诫大家说："靠政策走

部署进军西藏

路，靠政策吃饭。"

在这次会议中，刘、邓首长还把兵力、兵站诸事作了具体的安排，给了十八军很多嘱咐和鼓励的话。

张国华和谭冠三在刘、邓首长下达进军西藏任务之后，立即代表全军将士把任务接了下来。

当刘伯承、邓小平询问进军西藏有何困难时，张国华说："全军最担心的是粮弹接济，只要粮食有保障，其他任何困难均有信心克服。"

刘伯承当即表示说："西南局、二野当采取一切措施，保障运输补给。但在领导思想上，要有饿肚子的准备。一个军在高原上前进几千里，要保证不饿肚子是非常艰苦的工作。"

邓小平要求军、师干部要认识到解放西藏的伟大意义，做好思想动员工作，发扬人民军队英勇顽强、艰苦奋斗的光荣传统，从思想上、组织上、工作上做好充分准备，保证完成进军西藏的任务。

刘、邓建议中央多路进军

1950 年 1 月 18 日，西南局向中央军委报告了有关进军西藏的大体安排，并作出保证：

> 十八军经营（西藏）的问题，是我们当前极大的战略问题，也是该军在思想上一个极大的转折问题，但在我们与其师以上干部说明任务和我们决心全力支援进军的情况下，大家都愉快地接受了这一光荣任务。

18 日当天，邓小平起草了关于进军西藏的部署，并成立中共西藏党的领导机构。随后向中央报告：

> 我们近日召集十八军师以上干部来重庆，讲清入藏任务并商谈具体准备，大家对此光荣任务的接受，尚称愉快。
> 我们大体确定于二月底完成准备，三月初出动，三月底主力集结甘孜地区，四月底集结德格地区，五月间占领昌都，占领昌都就会震动全藏，促进内部分化。
> 再者，关于西藏党的组织，我们拟成立西

部署进军西藏

藏工作委员会，以张国华（军长）、谭冠三（军政委）、王其梅（军副政委）、昌炳桂（副军长）、陈明义（军参谋长）、刘振国（军政治部主任）、天宝（藏族干部、全国政协代表）等七人为委员。张国华任书记，谭冠三任副书记。请予审查批示。

中共中央收到刘、邓的报告后，于1月24日向西南、西北局发出多路进军西藏的指示：

西南局、西北局、贺、李、王震：

一、刘、邓已决定十八军为进攻西藏主力，并提议由青海、新疆及云南各出一支兵向西藏多路向心进兵，以便解决粮食及地形上的困难，刘、邓提议由西北局负责派工兵迅速修复由西宁经玉树至甘孜的公路，并调查玉树飞机场的情况电告。以上望西北局立即讨论并提出意见电告中央及刘、邓。由新疆向西藏西部进兵问题，望王震立即调查并提出意见。又据龙云说，由云南丽江有一条路到西藏，骡马勉强可走。在云南地区多为汉人。在西藏察隅一带气候温暖，粮产丰富，并有一条公路通至印度，和印度商业关系密切，应有一支兵从云南进军察隅。此点请刘、邓在陈赓占领云南后，令陈赓计划并布置。

二、同意即成立西藏工作委员会，以张国华为书记，谭冠三为副书记，王其梅、昌炳桂、陈明义、刘振国、天宝为委员。此外请西北局考虑是否还有其他人可以加入此委员会，望西北局即提出意见。据德怀同志说，西北局藏民干部训练班有牧民学生受训，此训练情形如何，望西北局注意检查督促。在三月间结束学习，以便能在四月间派到十八军随军前进。又北京现有藏民训练班二十余人，已经开学，两个月毕业，亦准备在毕业后送西南局分配工作。

三、关于飞机的利用是否可能，当由中央加以研究。所需五百辆汽车的汽油，并需有一部运至甘孜等地，及所需十七万五千匹布，另复。

解放西藏确定完全由十八军负责，十八军高级将领们是无条件地接受了任务，但下层官兵到底愿不愿去，思想通不通呢？刘伯承、邓小平十分关注这个问题。西南局关于进军西藏、经营西藏的方案确定之后，十八军考虑到配备干部、调整组织是首要工作。于是，刚刚成立的西藏工委、十八军党委提出补充干部的要求。西南局、西南军区都尽量予以满足。

配齐十八军高效率的领导班子是很重要的。1950 年

部署进军西藏

1月初，十八军宣布：经中央军委批准，第五十三师政委王其梅升任军副政委、第五十二师政委刘振国升任军政治部主任。

时任二野司令部作战处处长的李觉主动要求加入十八军的进藏部队，因为十八军曾是他的老部队。刘、邓于1月21日报军委批准，李觉任十八军第二参谋长，后来又为西藏工委委员。

西藏属于少数民族地区，那里的语言听不懂，而且很多生活习俗也和汉人不一样，所以十八军需要很多懂藏话又了解西藏的干部，但当时藏族干部数量是极少的。中央军委根据西南局的要求，立即在全军进行物色。

除已选调红军长征时在四川阿坝地区参军，后在内蒙古伊克昭盟骑兵大队任政委的吴天宝外，又把在阿坝地区参加红军、任职于安徽滁州军分区的杨东生（协饶顿珠）调到西藏工委工作。

不久，西南局又批准原西康巴塘地下党组织负责人平措旺阶调西藏工委工作。另从西南军区部队和地方的通信、机要、医疗、外事、公安等专业部门，对口调来一批干部，到西藏工委和十八军工作。

为了顺利进军西藏，西南局做着积极的准备工作，大家都相信刘、邓大军能够再次创造辉煌。

二、 做好进藏准备

● 张国华决定："凡是逃兵一律不准去西藏，就地转退地方。"

● 张国华庄严宣誓："坚决把五星红旗插上喜马拉雅山，让幸福之花开遍西藏!"

● 毛泽东："部队在进军的同时，应担负修路、生产的任务；部队到达西藏后，仍由中央保障供应，不增加西藏的负担。"

十八军出现抵触情绪

十八军全体指战员知道要进军西藏的任务之后，很多战士虽然表示服从命令，愿意为解放西藏尽自己的一份力量，可是在这个时候却出现了逃兵的现象，而且越来越严重。有的班就只剩下班长一个光杆司令了，这些情况引起了张国华等人的注意。

从各部队汇报的情况来看，当听说军队要进军西藏，许多人感到很突然，特别是那些在胜利形势下准备进城享乐、脑子里早已"刀枪入库，马放南山"的战士抵触情绪很大。

一些战士埋怨西南局把最艰苦的任务交给十八军，甚至说什么这下可从天府之国打入地狱了。有一些人开始闹情绪睡大觉，小病跑医院，想办法调到地方工作，害怕进军西藏。

军营里的病号一天比一天多了，病得卧床不起的士兵每天都有很多，到了开饭时间没有人来吃饭。连长、指导员急了，下命令叫司务长搞好伙食，就这样，伙食标准一下子提高了。嫩白的豆腐、肥嘟嘟的猪肉一盆一盆地端出来。虽然五菜一汤，但看都没人看。

牢骚话充满了军营，连长喊不动排长，排长喊不动班长，班长喊不动士兵。有个连队的连长，为了做好思想工作，想杀猪改善伙食，从排里派4个公差来杀猪，从早上到下午公差硬是不来。

连长把那个排长找来，说："你这个排长是怎么当的？叫你派几个公差，一天也派不来。"

排长说："我叫不动他们。"

连长说："当排长连个兵都叫不动，你还算什么排长，你这个排长干脆别当了！"

排长说："我正不想干哩，有本事你去叫来！"

连长说："叫就叫，叫来了你给我坐三天禁闭！是派的哪几个？"

排长便告诉了他。连长跑到排里，想把排长派的几个战士喊起床来出公差。几个战士用被子蒙住脑袋，理都不理。

连长急了，说："我枪毙你们。"战士们一下子翻身坐起来，齐声吼："你枪毙谁？"

连长一看这阵势，愣了，说："好好好，你们睡，你们睡！"

连长只好带着几个排长亲自杀猪给战士们吃，边杀边说："反了，反了！"

有的战士把进藏称为"进葬"，说老子打日本、打老蒋没丢命，这下要"进葬"了，要把这条命丢进西藏，这一下算是完了。有的人一提到这事儿就哭。

各连连长慌了，指导员也慌了，天天晚上不敢睡觉，轮流值班看着战士。营长急了，团长急了，他们手中的

做好进藏准备

兵一天比一天少。下一步要打仗，没有兵拿什么打。

领导时时都在往下面打电话，天天晚上要他们上报当天逃兵数。

张国华想不明白，十八军是一支打日军、打老蒋的光荣部队，即使是在挺进大别山那样艰苦、残酷的环境中，也没有出现这种现象，今天要去西藏完成更光荣的任务，却出现了这样的情况，难道这支队伍变了？

张国华怒目而视，恨不得亲自去把逃兵抓回来，"去，把他们统统给我抓回来！"

军长的话就是命令，部队立即成立了"抓兵队"，四面出击，真的绑回来许多逃兵。

这边把逃兵绑回来，那边的队伍里又出现了逃兵。十八军第五十二师一五四团副政委刘结挺写信给张国华和政委谭冠三，提出"因身体不好，不愿进藏"。

张国华拿信的手开始发抖了，气得对着政委谭冠三不知是问还是答："这刘结挺太坏了，想不到他这么坏！他为什么这么坏？我这一辈子都不想再见到他！"

"不！"谭冠三也失去了当政委的沉稳，"他不去，不能就这样便宜他，把他捆来！捆也要把他捆到西藏！我到哪儿，就叫马把他驮到哪儿！"

张国华被政委嘴里的"捆"字一刺激，倒是把自己的思路激活了：进藏是件光荣的事儿，不能让这些人败坏了十八军的名声。于是，张国华决定："凡是逃兵一律不准去西藏，就地转退地方。"

这一招还真见效。想当年，谁敢不把"荣誉"举过头顶！再说，"思想有问题的人"，到哪里都不受欢迎。开小差的人急了，生怕被裁减，在自己的历史上留下污点，今后翻不过身来，纷纷打消了逃跑的念头。

这样一来，"写血书"的人纷至沓来，干部只好掉过头来做那些留地方工作的人的思想工作。张国华一言九鼎：逃兵一个都不要！

张国华决定对十八军好好整顿一下，坚定大家的信心，不然的话，这样的部队有什么能力去解放西藏。

做好进藏准备

整顿十八军

1950年1月10日，张国华在到职的第四天，接到中共中央西南局打来的电报，要他立即赶到重庆曾家岩西南局驻地。

在重庆，中共西南局书记邓小平以及刘伯承、贺龙两位司令员重点传达了毛泽东关于"进军西藏宜早不宜迟"的指示。

1月24日，中共中央批复决定组成以张国华为书记的中共西藏工作委员会。

张国华庄严宣誓："坚决把五星红旗插上喜马拉雅山，让幸福之花开遍西藏！"

张国华回到川南后，立即主持召开了军党委会，传达了中共中央、毛泽东主席和刘、邓、贺首长关于解放西藏的指示。他在分析国内外形势之后指出：

"通过和平方式解放西藏是可能的；但从西藏当局和帝国主义扩张势力的态度看，军事较量的可能依然存在。"

他又接着说："实现和平解放西藏，必须经过艰苦复杂的斗争，因此我们要做两手准备。主要是做好西藏上层人士的统战工作，向西藏同胞宣传共产党的民族宗教政策与和平解放的方针。如果西藏当权者拒绝谈判，派兵阻挠，不打不足以敲开和平解放西藏的大门时，才施以必要的、有节制的打，以打促和。这就叫先礼后兵，兵后又礼。"

张国华还根据刘、邓、贺首长关于解放西藏"政治重于军事，补给重于战斗"的指示精神，阐明了进军中的政策问题，部署了后勤补给工作。

军党委会决定，组成支援司令部，由张国华任司令员兼政委。

会后，张国华立即着手进藏的各项准备工作。

西南地区解放后，部队同志经过长期枪林弹雨出生入死的战争生活，刚刚安定下来。听说要进藏，一些同志一时转不过弯来。尤其是转到地方工作的干部，包括少数负责干部，思想不通。加之西藏是个少数民族地区，情况不明，路途遥远，交通不便，补给困难。在这种情况下，迅速转入执行解放西藏、保卫边防的任务给部队思想上带来了一系列的新问题。

张国华感到肩头担子比任何时候都重。

军党委和政治部决定从思想上、组织上和物质上入手，具体落实。

先在干部、党员及老战士中组织学习新华社元旦社论《完成胜利、巩固胜利》，使大家明确自己肩上的重任。

十八军党委总结渡江以来的各项工作，评选功臣模范，在战士中进行诉苦教育，以提高大家的思想认识。

做好进藏准备

1月26日，十八军党委在军部驻地乐山召开扩大会议，师以上党员干部24人，每团一个主官参加。

会议传达了党中央、毛主席及西南局、西南军区首长关于进军西藏、经营西藏的决策、方针、政策和部署。

大家经过三天认真学习，深刻领会了上级指示精神，分析了形势任务，研究布置了进军的有关工作。大家普遍表示要愉快、积极地承担这一光荣任务，并对上级所做的种种支援工作感到满意。

军党委书记张国华在会上宣布中央批准的中国共产党西藏工作委员会的组成。决定工委暂时不组建办事机构，以军政治部代行工委机关职能。

2月1日，军党委发出《进军西藏工作指示》，要求各部立即"从政治动员、物资准备、组织整顿三方面着手"，做好进军的各项准备工作。

军党委针对各种思想反映，进行了认真研究，引导干部、战士树立全局观念，做到愉快地接受进藏任务。

军党委主要成员张国华、谭冠三、刘振国等分别到各部队，亲自指导和做思想动员工作。

1950年2月5日，张国华来到乐山竹根滩的五十二师师部驻地，在师的党员干部大会上，针对部队出现的情况，进行动员讲话。

在动员大会开始前，人们惊奇地发现张国华旁边坐着一个小女孩。她叫楠楠，才3岁，是张国华的第一个孩子。1946年6月，张国华与樊近真结婚，33岁才得子，这个孩子自然是他的心头肉。

楠楠坐在那里显得很淘气，不停地动着，看见自己的爸爸还没有开始讲话，她突然站起来对大家说道："叔叔、阿姨，我给你们唱支歌！"

刚刚说完，可爱的楠楠就欢快地唱起歌来。下面的人都笑了，给她鼓掌，现场变得温馨起来。

张国华把孩子带进会场的目的有两个，一方面是疼爱楠楠，另一方面也有"背女出征"的含义，他要以此来打动自己的队伍，希望可以给他们打打气。

看见大家都到齐之后，张国华把孩子交给警卫，站起来，用一种很诚恳的语气对大家说道：

"过去我们能协同兄弟部队解放一个省会，消灭几万敌人，就兴高采烈，觉得很了不起。而这次进军西藏，是以我们十八军为主，不只是解放一个省会，而是解放全西藏，完成祖国大陆统一大业。西藏过去没有党的组织，现在由我们去那里建党，开创党的工作，这还不值得我们自豪吗？你把西藏看成是不毛之地，可英帝国主义却从不嫌它荒凉，百余年来拼命往那里钻，现在美帝国主义又积极插足。难道我们对自己的国土反倒不如帝国主义热心？"

大家都沉默了，低着头不说话。他们心里很明白这些道理，他们都是十八军的一员，知道这支军队是不会服输的，开始对自己有临阵脱逃的想法感到内疚。

看见大家的表情，张国华动情地说：

做好进藏准备

"一省不保，四省不安，如果西藏真被帝国主义分割出去，我们的西南边疆后退到金沙江，恐怕我们在四川也坐不安稳吧！"

其实这些道理大家都明白，但是大家担心的是家庭、婚姻，大家打了一辈子仗，原以为可以好好地享受生活了，没想到又让他们进藏，真的难以接受。他们也想有一个安稳的生活，找一个能过日子的老婆啊！

张国华话题突然一转，把问题说到了大家的心坎里："关于个人问题，有句老话叫做'自古美人爱英雄'，我们去完成解放西藏这一伟大的历史任务，可以说大家都是英雄。我们只要好好学习，努力工作，心情愉快地进藏，找个老婆是不成问题的。不管是农村或城市的姑娘都会爱你们的。有人提出能不能和藏族姑娘结婚，大家都知道，在 1000 多年前的唐朝，就有文成公主和金城公主先后与西藏松赞干布和赤德祖赞结了婚。

"如果我们到了西藏，也可以同西藏姑娘结婚，而且藏族姑娘都非常勤劳和善良，也很漂亮。至于结婚条件，由于战争环境的限制，应当严一点。一两年后，我们国家实行薪金制，条件就会放宽，就可以允许干部带家属；战士婚姻问题，随着义务兵役制，也就很好解决。"

张国华说到这里，会场里响起了热烈的掌声。大家的情绪都被带动起来了，觉得军长的话很有道理。许多愁眉苦脸的人也笑了起来。

张国华停顿下来，又慷慨激昂地说：

"必须看到，我们这次进军西藏不同于红军长征，那时我们是作战略转移，蒋介石派兵在前面堵截，后面追击，天上飞机跟着轰炸。而这次有全国人民的支持，还有苏联人民的支援和帮助，这比长征时的条件好上千百倍。

"进军西藏的条件比抗日战争、解放战争优越，我们的装备和供应将是建军以来从来没有过的。

"我知道还有一些老一点的同志不想去西藏，认为胸前已经有了两三枚光荣纪念章了，就想躺在光荣上面睡大觉，不想再前进了，这是不对的。干部要起带头作用，所有的人思想都要通，要高高兴兴地去西藏！"

大会开得很成功。一位老干部在日记里写下了当时人们的心态，他在日记中这样写道：

原来有的人听说部队要进军西藏，还觉得这个消息可能是假的，一到会场看到"挺进祖国边疆——西藏动员大会"的横标，就明白了。

听过张军长的报告后，大家迅速激起了一种无以名状的光荣感、责任感和革命部队长期形成的那种革命英雄主义的自豪感，一起把那些惶惶不安的心情和私心杂念都赶跑了。

大家立即高兴起来，好像进军西藏的官兵成了世界上最幸福、最被人羡慕和最受人尊敬

做好进藏准备

的人。

十八军政治委员谭冠三也在第五十三师 2 月上旬召开的党委扩大会上，阐述了进军西藏的重大意义和准备工作，并对与会的人讲：

"我们进军西藏，不怕帝国主义不高兴。"

与此同时，十八军五十二师政治委员刘振国在军直属队活动分子大会上作动员报告，号召大家要明确思想界线，站在无产阶级立场上，放下个人利益，愉快接受进军任务，坚决将革命进行到底，把五星红旗插到喜马拉雅山上。

十八军第五十四师正在执行剿匪任务，师党委只对连以上干部传达了军党委扩大会议精神。各单位在党的活动分子会议后，迅速展开了声势浩大的思想动员工作。

他们首先学习《人民日报》发表的《新年献词》，弄清解放西藏、统一祖国大陆的重大意义，以提高认识。然后发动群众提出问题、解决问题。

在对待困难问题上，他们既肯定进军西藏会有许多困难，又看到克服困难的条件比起红军长征时要好得多。有党中央、毛主席的英明领导，有全国人民的大力支援，只要坚定信心，群策群力，任何困难都能够克服。

为了帮助十八军干部、战士提高思想认识，端正态度，以积极的热情投入新的战斗，上级领导又给他们题了词。

2 月19 日，刘伯承题词：

精细研究藏族同胞物质的思想的具体生活情况，切实执行共同纲领民族政策。

贺龙也题词：

发扬革命英雄主义，为巩固西南国防而奋斗！

经过一系列的政治学习和思想动员，十八军全体指战员们纷纷写决心书，个人和单位举行挑战应战、立功竞赛活动，很快出现了人人争取进军西藏、各个单位落实进军准备的热潮。

在进行思想动员的同时，针对当时各部队干部都有缺额现状，十八军党委要求各师于部队到达甘孜前全部配齐，并从第五十二师调出科、团干部20人到军直、五十三师、五十四师工作。同时，将已下到川南地方工作的干部收回部队。通过一系列工作，在较短时间内就完成了组织调整工作，从组织上为部队进藏做了必要准备。

物资准备方面，在西南局、西南军区关于进藏部队"前方需要什么就供应什么"的保障原则下，进军部队所需的主副食品、被装、武器弹药、通信、工兵装备以及骡马等，均陆续补充到位，改善了进军部队的衣食住行

做好进藏准备

和武器装备等，增强了部队的战斗力。

　　进军西藏其实是一场后勤补给的战斗，因此，十八军在上级领导和广大人民群众的支持下，又掀起了规模空前的群众性后勤补给运动。

国事大于天

张国华的动员大会产生了积极效果，全军的激情被带动起来，大家争着要去西藏。

邓小平给十八军将士题了字：

接受与完成党给予的最艰苦的任务，是每个共产党员、每个革命军人无上的光荣！

题完词后，邓小平用坚定的目光看着张国华，并把写好的字交给他。张国华双手接过，大声对邓小平说道："请首长放心，十八军将尽全力完成祖国交给我们的任务！"

邓小平和蔼地笑了，让张国华坐下来，对他说："十八军入藏部队要以 3 万人为限，你还有什么意见吗？一切不健全之人员应清理下来交川南接管，非战斗组织必须减少，或根本不要，否则会增加部队负担的。"

邓小平停顿了一下，继续对张国华说："有些组织比如文工团，可以在打开局面之后再去，以免增加不必要的吃饭人数。还有，听说你们要给每个师配个军乐队，我看不必。"

张国华觉得不妥，连忙站起来，对邓小平恳求地说：

做好进藏准备

共和国的
历程·雪域奇兵

"政委，我还是希望保留文工团和军乐队。"

邓小平不解地说："根据现有的材料，你们每一个战士的背负量将要达40到60斤。光军械科所需的部分即达4万余斤，需要200多匹牲口驮运，这怎么行？再加上那些吹吹打打的，运输困难太大，这是到高原去解放西藏，而不是解放南京，你回去再考虑考虑吧！"

快要走的时候，邓小平又问张国华："你对西藏了解得怎样？"

知道要进军西藏，张国华已经看了大量关于西藏的资料，也对一些藏人进行了拜访，不过却对邓小平笑着说："印象深的还是唐僧西天取经，过火焰山、通天河……"

邓小平笑了笑，拍着他的肩膀说："你必须立即成立一个政策研究室，调查西藏的情况。同时各级都要动员起来学会几句藏话，以便应酬宣传。学习藏民的语言，便于接近他们，了解他们，便于开展工作。不懂藏话，到了西藏我们就像一个傻子一样，还怎么去解放西藏，到时候会吃亏的。"

张国华回到军部，按照邓小平的指示，召集其他人开会，讨论成立政策研究室。

这个时候，他的秘书打来电话说："军长，楠楠病了。高烧不退，你还是来看一看吧！"

张国华当时惊了一下，要知道楠楠可是他的心头肉，他问秘书："什么病？"

秘书在电话里颤抖地回答："可能是肺炎。现在又咳又喘，情况十分严重。她嘴里不停地叫爸爸，她很想见到你！"

张国华心头一颤："我正在开会，还去不了。你代我安慰她两句，我开完会后就马上过去。"

张国华挂上电话，在电话机面前停顿了一下，心里充满了愧疚，但他马上就走进了会议室，继续开会讨论。

关于要不要文工团的问题，张国华当过文工团的政委，很清楚这支队伍在战争中的作用，所以坚持军乐队可以不要，但文工团减不得，更不能没有。

张国华就把自己保留文工团的理由发电报给刘、邓、贺三位首长。他们来电报表示同意他的要求，保留十八军的文工团以及各师的文工队。

之后，张国华又和大家研究其他事项。

这个时候，警卫员慌慌张张来找张国华，说楠楠情况不好，让他马上去医院一趟。

张国华当时就发怒了，对警卫大声说道："3万多人要进藏，百事都要有个谱，在这关键的时候，我这个军长能离开吗！"

警卫员无奈，只好一个人又回医院了。

会议的间隙，张国华马上驱车到了医院，然而此时，他可爱的女儿已经永远地闭上了眼睛。在她生命的最后一刻也没有见到爸爸！张国华立在女儿的床前流下了男儿的眼泪，他觉得自己欠女儿的太多太多了。

做好进藏准备

但张国华强忍着悲痛，咽下痛苦的泪水，又往回赶。他把这作为进藏的第一个牺牲，他只好用疯狂的工作来忘却自己的伤痛。

现在，他最大的愿望就是自己的部队能够大展雄风，完成进军西藏的任务！

空前的物资准备

西藏属于高原地区，地理条件很差，路走起来十分艰难。

鉴于西藏这种特殊的自然地理条件，保障进藏部队所需的物资供应，就成了进藏准备最重要的任务；而能否胜利挺进西藏，也取决于后勤的保障。在这种情况下，西南局把后勤保障作为工作重点。

1950 年 2 月 8 日，西南局召开了一个后勤保障方面的会议，邓小平在大会上这样说道："进军西藏，主要困难是交通问题。"

贺龙也谈了自己的看法，他说道："运输问题，要比用兵困难好多倍。地是冰冻的，雪很厚，卡车很难进去，好的卡车 1 小时只能走 5 公里。修路需要特别工具，路比崖还坚硬。路修不起来，运输就很难解决。"

为了把后勤保障工作做好，西南局、西南军区按邓小平、贺龙的指示精神，坚决表示："进藏部队无论需要什么，只要办得到的，就尽量满足他们的要求！"

西南局所确定的补给供应原则，增强了十八军战士的勇气和信心。他们下定了决心，表示一定要完成进军西藏的任务，给祖国和人民一个交代。

2 月中旬，贺龙收到了朱德总司令的来信。朱德在信

做好进藏准备

中就进军补给工作提出了具体指导意见：

> 购买本地牛羊肉为主食品，购酥油及青稞麦为副食品；购牛运粮，随军前进，粮完可吃牛肉；肉食不惯，可用野菜伴肉煮汤，再用茶，吃少量青稞，一月内可习惯；用现洋（银元）作伙食费；以丝绸、茶叶等，向藏民换取肉食、粮食；飞机、公路，不断运送，可壮士气等。

为了不把进藏的负担加到西藏人民的头上，也为了更好地获得西藏人民群众的支持，4月1日，在解决进军部队的粮食补给问题上，毛泽东提出进军西藏，"不吃地方"、"一面进军，一面建设"的重要方针政策。

毛泽东指出：

> 部队在进军的同时，应担负修路、生产的任务；部队到达西藏后，仍由中央保障供应，不增加西藏的负担。

毛泽东主席的指示，西藏工委、十八军党委牢记在心中。这条指示成为进藏部队后勤保障工作的指导思想，也成为后来在西藏长期的财经工作方针。这一重要方针也是进军西藏、经营西藏各项方针政策的重要组成部分，只有这样才能得到藏族人民的理解和支持。

为了把后勤保障的工作落到实处，西南局、西南军区采取了积极的行动，进行了一系列切实有效的安排，他们想方设法去解决进藏物资补给运输的问题。

首先，他们"不惜一切代价修路"，突击抢修雅安至甘孜600多公里的路段。

在1950年年初，通往西藏的公路，只有成都至雅安一带可以通行。由雅安到泸定，国民党政府时期曾修筑过简易公路，但因年久失修，简易公路的路基、桥梁大都毁坏，不要说汽车，平常连驮运的牛马也难以通过。

1950年4月初，西南军区工兵司令员谭善和指挥6个工兵团陆续投入雅（安）甘（孜）公路的施工。西南军政委员会交通部设立了雅甘工程局，统筹修路勘察设计和经费、材料供应工作，并以3000多名民工参加修建。

经两个多月的努力，工兵团于6月5日将公路修至康定。原来预计7月通车甘孜，部队即可向前开进。但适逢夏季，阴雨连绵，二郎山段公路塌方，车辆行驶受阻。

6月下旬，十八军将在川西剿匪的第五十四师一六二团调至二郎山地段、第五十三师一五八团大部调至两路口地段，担负公路维修和物资装卸任务。

7月下旬，暴雨连连，冲毁了飞仙关等8座大桥，使公路运输完全中断。支援司令部随即组织部队进行紧急抢修。在高山缺氧、气候寒冷、河水刺骨的条件下，部

做好进藏准备

队登高山伐木运料，下冰冷刺骨的河水中打桩架桥。经过多个日日夜夜的艰苦奋战，7月底，完成了抢修8座大桥的任务。在抢修大桥的时候，北路先遣部队第一五四团主力和军工兵营也参加了由甘孜向道孚的修路任务。

8月25日，雅安至甘孜公路通车。总计开挖土石方27万立方米，建桥梁195座、涵洞678道。军工、民工1.5万人参加施工，伤亡达到650余人。

雅甘段公路的打通，为举行昌都战役扫除了交通上的障碍，是昌都战役取得最后胜利的关键。

在修路的同时，支援司令部着手建设甘孜后勤基地，政委胥光义亲自组织运输工作。在雅安至甘孜沿途设立兵站。3、4月份，支援司令部以三个汽车团、三个辎重团（骡马、胶轮马车）分段进行运输。当时汽车仅有200辆，而且很多都破旧不堪。

6月底，西南军区增拨汽车850辆，其中有从苏联进口的新嘎斯车350辆，大大增强了进藏部队的运输力量。在雨季道路泥泞、二郎山等地区路基经常塌陷的情况下，汽车部队经过艰难的努力，完成了规定的运输任务。

7月中旬，大渡河桥还不能通行，汽车部队把汽车拆成几大部件，用橡皮舟运到对岸，过河之后再组装起来。短短两个月内共分解、组装汽车300余辆，有力地保证了泸定至甘孜段的汽车运输。

分解汽车过河时，运汽车的船脱出滑索冲入激流，汽车部件落入河中。班长陈瑞盘二话没说，就跳进奔腾的大渡河里，用钢索拴住汽车部件，将其拖拉上岸。

8月下旬，公路通车甘孜。为减少畜力运输，又以一个工兵团和一五四团两个营抢修甘孜至竹庆的马车路。

9月上旬，马车路初步建成，当即以3个马车连和259辆大车向前紧急运输物资，军、师负责人乘坐的吉普车也加入了抢运行列。辎重团的2380匹骡马和藏族群众的牦牛则担负竹庆至金沙江畔邓柯、德格的运输。

至8月底，从甘孜方向共向前方运送物资1.1664万吨，计：被服装具2515.5吨、食品（干粮）577.7吨、武器弹药418.43吨、汽车材料60.7吨、汽车油料7090吨、卫生材料116吨、通信器材84.5吨、工兵器材639.5吨，另有银元及人民币183箱以及其他物资162.42吨。

所运到的粮食，除入藏部队及支援部队食用外，各地兵站尚有一批存粮。共支出人民币7673亿元，内包括黄金3000两，银元261.1931万元。这些，为进行昌都战役奠定了坚实的物质基础。

除了已通公路的地段用汽车、马车运输外，还组织了大批牦牛运输支援进军。十八军前线指挥部、先遣部队和支援司令部的主要领导，以很大精力对玉隆地区大头人夏克刀登、德格土司降央白姆、康南富商邦达多吉等进行统一战线工作，动员藏族上层人士参与支前，组织藏族民工进行牦牛运输。

张国华于6月底在康定宴请邦达多吉，9月与夏克刀

做好进藏准备

041

登同行至甘孜，宣传共产党和平解放西藏的方针和民族宗教政策，协商组织牦牛运输等事宜。在昌都战役前后，刘振国除了抓战时政治工作外，还兼管运输支前工作，为解放西藏做着积极的努力。

1951年3月初，刘振国与夏克刀登商妥，在玉隆召开附近头人参加的运输会议，发动群众来完成运输任务，组织牦牛运输，以保证前方部队的补给需要。

为加强西康地区的支前工作，西南局指示西藏工委暂时兼管西康地区部分地方工作，决定张国华、谭冠三和王其梅为西康区党委委员。

西藏工委、十八军向折多山以西之甘孜、德格、邓柯、炉霍、道孚、雅江、巴塘等县派出军事代表，在各县建立运输支援委员会，开展支前工作。从1950年下半年开始，在甘孜至邓柯、甘孜至德格、东俄洛至巴塘的三条运输线上，出现了10万头牦牛运输支援前线的空前盛况。

担负空中支援进藏任务的西南军区空运大队，突破高原空中"禁区"，在满足了北路先遣部队的急需以后，接着又向邓柯、巴塘等地空投粮食、被服、银元等物资，总计达6200多公斤，解决了前方部队的燃眉之急。

解决运输补给困难的最后一个办法，就是加大部队人员携带物资的数量。进军的运输补给是按人头逐日计算的。规定战士除武器装备外，每人要携带10日的粮食，平均负重达35公斤，干部也要背负10到15公斤的粮食。各部队还要携带一定数量的银元，一般由干部分散背负，以备必要时采购食物救急之用。部队还购买了一批牦牛，组成牦牛队随军行动。

第五十二师在康北地区购买了9000余头牦牛，组成5支牦牛运输队，随军驮运物资。师机关不少干部、文工团员都参加了赶牦牛的任务。时任师司令部指导员的田涛带着30名女同志组成康藏工作队，负责赶200头驮运粮物的牦牛，用了27天从甘孜走到觉雍。

高原徒步行军十分困难，年轻姑娘们赶着大群野性十足的牦牛走了那么长的路程，途中所受之艰辛，让人们难以想象。

两支先遣部队到达金沙江边后，为准备渡江，均自制船只。第一五四团在由乐山请来的造船工人指导下，在邓柯仅用一个多月时间，就建造出可载百人的大木船1只，载二三十人的中等木船10只，载一个班的小船6只。第一五七团在巴塘造大小木船23只，大小牛皮船40只。军直侦察、工兵两营也在德格备足渡江所需的牛皮船。

这些船只，基本上能满足部队渡江的需要。

9月上旬，军后勤部副部长扶廷修奉张国华军长指示，在竹庆开设后勤指挥所，在海子山、邓柯、德格等地设立兵站，担负部队渡江后的补给任务。南路在东俄洛、雅江、理塘、巴塘等地也设立了兵站。

9月下旬，当参战部队从四川向前开进时，以阎秀峰为主任的川西行署支援委员会和以方升普为主任的西康

做好进藏准备

省支援委员会，积极支援进藏部队，在沿途开设食宿站、柴草供应站，供给过往部队所需的有关物资。

在中共中央和西南局、西南军区鼎力支持下，十八军经过艰苦的努力，终于在 9 月份完成了物资、粮食的运输和储备，为解放军挺进西藏以及后来发动昌都战役提供了有力的后勤保障。

三、 部队挺进昌都

● 毛泽东："应争取由打箭炉分两路，推进至西康、西藏的接境地区。"

● 张国华："特别要尊重当地人民的宗教信仰、风俗习惯，保护寺庙，不住寺庙，不住藏民家中的经堂。"

● 邓小平："就是要宽一点，这个宽是真的，不是假的，是要认真实行的，是为了团结少数民族。"

先遣部队受挫

一次，张国华和王其梅从新津到成都，有几个研究室的专家同行。汽车一出新津，就遇到土匪的袭击。张国华一面指挥护送部队反击，一面叫人保护专家、干部。

这群可恶的土匪盯着张国华的车穷追不舍，车一停，他们就分散后撤，车一开动，他们又跟过来了。张国华只好边走边打，情况十分危险。仅仅40公里的路，张国华就走了整整一天的时间，一路上都在和土匪纠缠。直到接近成都郊区，大部队才来接应他们。张国华感叹："这还没进藏就险象环生，今后的困难可想而知！"

而这个时候，毛泽东来电说：

占领打箭炉，以此为基地筹划入藏事宜；
应争取由打箭炉分两路，推进至西康、西藏的
接境地区。

根据毛泽东的重要指示，西南局于1950年2月1日责令十八军成立一个先遣支队，以第五十二师副师长陈子植为司令员，军政治部联络部部长陈竞波为政委，军司令部作战处处长薛和为参谋长。

先遣部队率先执行了解康藏情况、调查进藏道路、

修补道路和飞机场、筹集酥油和糌粑等任务。

陈子植率领先遣支队于 2 月 4 日由乐山出发，2 月 9 日到达邛崃，2 月 10 日随第六十二军的一个步兵团、一个骑兵团从邛崃出发，向雅安前进。

可是在邛崃、雅安之间的一些地区匪乱特别严重，给行军带来了困难。在路上，遭到了土匪的阻拦，陈子植率领部队只能边走边打，2 月 14 日才抵达雅安。因为当地的匪乱严重，先遣部队被迫滞留在雅安。

先遣部队所遇到的土匪，多为溃散于川西地区的国民党残余武装和潜伏特务，少数为再叛的起义部队。这些土匪与地主恶霸等封建势力相勾结，大肆进行武装袭扰，明目张胆地进行烧杀抢掠，给当地人民的生命和财产安全带来了严重威胁。这些土匪残忍地杀害地方干部，摧毁新生的基层政权，破坏公路交通，甚至围攻县城，破坏活动十分猖獗。

除先遣支队前进受阻外，原定 2 月中旬开始抢修公路之计划也无法进行，后勤保障工作受到了严重威胁，各种支援进藏物资被滞留在雅安等地。土匪的存在给十八军挺进西藏带来了阻力，所以必须清除这些障碍。

为了扫除匪患，解除进军西藏的后顾之忧，西南军区电令张国华火速赶到重庆，就有关剿匪行动进行讨论和部署。2 月 21 日，张国华到达重庆后，参加了西南军区关于剿匪行动的重要会议。

2 月 26 日，西南军区令十八军主力进入川西地区，

部队挺进昌都

在川西军区统一指挥下进行剿匪行动。

因此，十八军根据西南局的指示，作出如下指示：

> 以五十三师进入名山、雅安、天全、芦山地区，五十四师进入新津、大邑、邛崃、灌县、金堂地区，五十二师主力进入洪雅、丹棱地区，按照"军事打击、政治瓦解、发动群众相结合"的原则。

2月26日，西南局、西南军区向中共中央、中央军委报告进藏的最新情况，并决定推迟进藏的时间：

> 原定三月初行动之计划已难实现，建议十八军入藏时间推迟到冬季；十八军全部展开于蓉雅公路沿线及新津、眉山地区，以一个月的时间剿灭所有匪特，扫清进军中之直接障碍。

1950年3月份，十八军主力展开了轰轰烈烈的剿匪行动，取得了良好的战果，由此保障了成雅公路及其两侧地区的顺利通行。修路和运输工作也快速展开。

截至10月底，十八军共歼匪特9801人，缴获各种炮29门、各种枪1.2807万支及其他军用物资，有效清除了进藏的障碍，为挺进昌都开辟了道路。

大部队向昌都进发

中央军委对拟推迟十八军入藏时间作出批复：

中央军委同意你们的各项布置。但现在不应动摇今年入藏计划的决心，而应力求在今年能完成计划。十八军在蓉雅间大体完成肃清土匪的任务后，应分批设法前进。

第十八军党委于 3 月 12 日报告了具体执行意见：

为争取今年进军西藏，决定以军副政委王其梅、第二参谋长李觉率侦察营和政策研究室及后勤人员，组成前进指挥所（简称军前指）进到康定，统一指挥第五十二师、第五十三师两支先遣部队。

其任务是：调查西藏的政治、军事等情况，提供确定政策的意见；调查进军路线，研究昌都战役作战计划；筹措物资，组织运输，采购牦牛以备随军运输使用；与当地政府和土司、头人协商组织牦牛运输支援等工作。

决定北路先遣部队由五十二师师长吴忠、

部队挺进昌都

西藏工委委员天宝率一五四团配属军工兵营进
到甘孜；南路先遣部队由五十三师副政委苗丕
一率一五七团进到巴塘。

西南局、西南军区于 3 月 13 日批准了十八军派出先
遣部队的计划。

1950 年 3 月 29 日，王其梅、李觉率领的军前指及北
路先遣部队，自乐山出发，从而揭开了向西藏进军的
序幕。

其实在王其梅、李觉率军前指离开乐山前夕，北路
先遣部队五十二师一五四团已于 3 月 27 日在乐山召开了
出师动员大会，军、师等领导人参加，向一五四团赠送
了"进军先锋"的锦旗。乐山党政军领导和人民倾城出
动欢送。

3 月 31 日，军前指和北路先遣部队抵达雅安，受到
西康省委和驻雅安的第六十二军的热烈欢迎。2 月底进至
雅安的由陈子植、陈竞波率领的先遣支队机关和两个营，
也并入王其梅的部队。

雅安是西康省省会，成雅公路的终点，再向西行已
无公路，物资全靠人背马驮。4 月初，军前指所属部队集
结雅安。大军云集，粮食供应出现困难。西南军区支援
司令部闻讯急调汽车 45 辆运粮食 15 万公斤，于 4 月 7 日
赶运到雅安，并设立兵站。

4 月 8 日飞机空投粮食 2250 公斤，得以缓解粮食不

足的状况。加紧粮食的输运工作，表明进军西藏的运输补给面临严峻挑战。

调查研究工作是先遣部队的重要任务之一。政策研究室与军、师前指在康定、甘孜、德格等地展开了紧张的工作。通过询问来往的商人、香客和拉萨来的人员，了解情况，运用各种方法，逐步摸清了西藏政治、军事的基本情况和动向，对康藏地区的地形、道路、气候和兵要地志进行了初步的研究。这些都为后来的进军工作奠定了坚实的基础。特别是通过社会调查，对西藏政治、经济、宗教、民族等情况有了较详细具体的认识，充实了《进军守则》，完善了进藏应注意的各种事项，使之更加切合康藏地区的实际，并为上级制定政策提供了依据。还通过对西藏自然灾害的调查，提出包括防冻伤、防雪盲、防冰雹、防山崩、防雪崩、防塌方、防泥石流、防高山病等的方法。

张国华在送王其梅、李觉出发时就说，一定要告诫部队必须坚决执行毛主席"进军西藏，不吃地方"的指示：

部队挺进昌都

特别要尊重当地人民的宗教信仰、风俗习惯，保护寺庙，不住寺庙，不住藏民家中的经堂，即使风雨交加，冰雹乱舞，也不要进寺庙干扰喇嘛诵经，最多到寺庙的房檐下暂避一下。

当时王其梅、李觉把首长的嘱咐都一一记下。后来进到甘孜的北路先遣队，由于交通困难，粮食补给不上，大家就挖野菜吃，甚至还捉地鼠充饥，就这样艰难地过了一个月，半饥半饱地修路，学藏文，为群众做好事。

看到自己的部队这么艰苦，张国华心里也难受，就把上述情况汇报给邓小平，说："连康区藏族头人夏格刀登都说，下大雨，不让进就不进，不让住就不住，你们的政策太宽了。"

邓小平坚持他在一次会议上讲过的话："就是要宽一点，这个宽是真的，不是假的，是要认真实行的，是为了团结少数民族。"

后来，另一支先遣部队五十三师副政委带队于 7 月出发，开往巴塘。在雅安至甘孜的公路修好后，8 月底到 9 月，张国华、谭冠三率领十八军主力部队踏上了进军西藏的艰险征途，开始向西藏的东大门昌都挺进。

一场惊心动魄的战役马上就要开始了。

多方协助十八军

青海、新疆、云南军区按照毛泽东和中共中央在1950年1月24日的电报指示，各自部署向西藏进军的计划。

在青海方向：

1950年3月，西北军区为落实进军西藏的命令，决定组建一个骑兵支队，由第一军骑兵团第二营和特务连组成。

骑兵支队成立后，就进行了一系列的军事训练和思想整顿。

战士们激情高涨，表示一定要把五星红旗插上长江源头，顺利完成挺进西藏的任务。

6月5日，副队长魏家祯率先遣连从西宁出发，任务是勘察进军路线，同时担任警卫第一军后勤部在黄河沿岸设立运输补给站的任务。

6月20日，青海省委和第一军联合举行骑兵支队的欢送晚会。

在这次晚会上，政委廖汉生作了思想动员，号召大家继续发扬艰苦奋斗的精神，把解放军的民族政策展现给广大的藏族人民，全力支援西南军区解放西藏，推进祖国统一大业。

部队挺进昌都

贺炳炎军长授军旗。支队长孙巩代表全支队宣读了誓词。

6月21日，骑兵支队浩浩荡荡地向玉树进发。到了6月24日，支队越过日月山，进入青海南部草原藏区。

7月3日，骑兵支队越过4500米的鄂伦山，由于高山缺氧，三名战士心脏病突然发作，医救无效而死亡。接着，骑兵支队穿越积石山北之花石峡，于9日到达黄河沿，补充半月粮料，徒步踏过黄河，又穿越了巴颜喀拉山。

在过扎陵湖沼泽时，很多人都陷进了泥坑里，但大家经过努力，终于通过了沼泽地。

骑兵支队于7月21日到达了通天河，战士们乘牛皮船艰难地渡过了这道天险。

经过23天的跋涉，行程900公里，于7月24日胜利抵达玉树。

羁留青海的原热振活佛的近侍堪布益西楚臣、班禅行辕派出的驻玉树办事处处长何巴顿等藏族人士20余人，随骑兵支队和干部大队进入玉树地区，在藏民中开展宣传工作。

骑兵支队参谋长郭守荣和堪布益西楚臣带骑兵二连前往囊谦，查明昌都及黑河地区藏军分布与兵要地志、道路情况，为接下来的昌都战役做好了准备。

在新疆方向：

根据中央的指示精神，新疆军区准备挺进西藏的阿里地区。

阿里地处西藏西部、新疆以南，平均海拔 4500 米左右，气候条件异常恶劣，而且道路难以通行。这个地方离拉萨和乌鲁木齐都较远。

为做好向阿里地区进军的准备工作，西北局第一书记、西北军区司令员彭德怀与新疆军区代司令员兼政委王震进行会晤，作了重要部署。

彭德怀于 1950 年 5 月 2 日向中央提出建议：

> 新藏间，横隔昆仑高原，均高 6400 米有余，进军阿里，想其艰难恐不亚于长征。进军阿里不宜大量出兵，应先派出一连左右的兵力先行进藏，担负侦察、设站等任务。

在此前，4 月 28 日，王震就曾向中央和西北局报告了进藏计划：

> 由第二军组建的独立骑兵师（何家产任师长兼政委）于 5 月进驻于田地区，进行修路、侦察等进军准备活动。

经中央和西北局同意后，独立骑兵师于 5 月 17 日从于田向新藏交界处开始修筑公路，同时决定派出一个先遣连进入西藏阿里地区。

后来，王震批准独立骑兵师第一团一连为"进藏先遣连"。

先遣连由汉、回、藏、蒙古、锡伯、维吾尔、哈萨克 7 个民族共 138 名指战员（其中少数民族占 40%）组成。连长曹海林，指导员李志祥，副连长彭清云。

第一团保卫股长李狄三任先遣连总指挥兼党代表，并组成指挥所，配有电台、报务员和机要译电员及医务人员等，携带一年的给养。

8 月 1 日，独立骑兵师在昆仑山下的于田县普鲁村为先遣连举行出征誓师大会，何家产师长向先遣连授旗。

先遣连当日从普鲁村出发，牵着马，拉着骆驼，带着帐篷，跋山涉水，穿古峡，过雪原。

在翻越海拔 6400 米的昆仑山口和海拔 6000 多米的冈底斯山东君拉大坂（山垭口）时，指战员们头痛欲裂，就用绳带捆住头。胃里总是感到难受，但大家仍强迫自己吃饭喝水。山陡雪大，就拉着马尾攀登。帐篷被大风刮得搭不起来，就蹲在雪地里睡觉。

经过日日夜夜的艰难行军，先遣连于 8 月 15 日抵达了藏北改则北部的两水泉。短暂休息了一下，接着，该连奉命继续前进，穿过终年积雪、荒无人烟的藏北荒原，经历了无数的艰难险阻，于 8 月 29 日进至阿里改则的扎麻芒保。

从起程到抵达，先遣连走了足足一个月，行程达 600 公里。

在云南方向：

1950 年 2 月 14 日，第四兵团司令员陈赓、政委宋任穷接到西南局刘伯承、邓小平发来的电报，上面说：

> 在部队到达昆明后，应立即按野司前令部署，以一个精干团或三个小团（总数不超过 3000 人），带 3000 匹骡马，配合进军西藏。

接到电报后，第四兵团于 3 月 9 日决定以第十四军四十二师之第一二六团配属一个骡马辎重团，组成入藏纵队。

4 月 13 日，西南局又电示陈、宋说：

> 由滇沿雅鲁藏布江入藏，以迂回拉萨，是配合其他各路部队向心合击的要着，同时又可为十八军左侧之屏障。即战略上亦以分路进军为宜。你们应命令一二六团及辎重团排除一切困难，仍沿以前指定路线前进。

十四军四十二师受领进军西藏任务后，决定由第一二六团（欠三营）及一二五团三营担负入藏任务。一二六团在团长高建兴、政委成泽民的率领下，3 月下旬集结于滇西北鹤庆附近，做进军准备工作。

一二六团党委召开会议，传达了进军西藏的作战计划，进行了具体的部署。主要工作是做思想动员，开始准备物资，同时，调查行军路线。

调查发现：

> 从云南鹤庆到西藏察隅，都是骡马道，澜沧江、怒江均为溜索，人马通过困难。由门工至竹瓦根、察隅，须翻越四座5000米以上的大雪山。

一二六团在行军、作战、生活诸方面做了充分的准备。

4月17日，四十二师派一二五团三营为入藏先遣队，在团政治处主任武健的率领下，经维西进驻德钦，首先开展滇西北藏族聚居地区的工作，创建进军西藏的基地。

师长廖运周亲自随部队一起行军到德钦。

至7月中旬，基本完成入藏准备工作。

8月6日，一二六团从驻地向战役集结地贡山和德钦前进。

高建兴团长率团机关一部和一营，经巨甸、维西渡澜沧江，翻越高黎贡山到达贡山。

政委成泽民率团直属队和二营，经巨甸、中甸，翻越白马雪山进到德钦，为后来发动昌都战役做着积极的准备工作。

先遣部队从原滇西北游击队和骑兵支队抽调懂汉藏

语言的汉、藏、纳西族青年，组成35人的工作队，沿途开展群众工作，并宣传中央和解放军的民族政策。

战士们发扬解放军的优良传统，争先恐后地为沿途藏族同胞背水、砍柴、治病，并将节约下来的盐巴、茶叶等赠送给贫苦藏民，为当地藏民做了很多好事。

入藏部队模范执行中央和解放军的民族、宗教政策，严格遵守"三大纪律，八项注意"，很快得到藏族群众的热情欢迎和拥护，为和平解放西藏打下了坚实的群众基础，让西藏人民感受到了不一样的中央政府和军队。

云南入藏路线为滇西北高山密林峡谷地带，运输补给任务十分困难。

云南省人民政府组成以陈赓为主任的支援委员会，大理、保山、丽江专区及所属的25个县也建立支援机构，实行分段包干运输。

十四军专门组建了三个辎重团负责运输。

到9月中旬，先后有民工两万人、军工2000人参加修筑大理至德钦的公路。

滇西地区共组织骡马2.1万匹参加运输，运到贡山、德钦的粮物达16.4万余公斤。

第十四军组织的辎重二团，在喜州（大理北20公里）接收各师调来的人员和骡马，计有干部、战士1800名，骡马2220匹。

在团长刘得志、政委杨静生、副团长冯虎山的带领下，往返行程3000公里，运粮40多万公斤，创造了在雪

部队挺进昌都

山深谷地区长途运粮的奇迹。

在过澜沧江激流时，人员和物资全部以溜索悬渡，马匹则全部泅渡。班长王光全三次跳进澜沧江激流抢救被洪水冲走的骡马，最后被急流巨浪冲走，为解放西藏献出了宝贵的生命。

各路先遣部队在进军中，忠实执行党中央关于解放西藏的各项政策，严格遵守纪律，发扬艰苦奋斗的优良作风，有效地消除了藏族人民对中国共产党的顾虑和偏见，赢得了藏族人民的信赖，团结了藏区的各界人士，为和平解放西藏奠定了群众基础。

四、 西藏地方当局拒绝和谈

● 中央指示：我军进驻西藏的计划是坚定不移的，但必须采取一切办法与达赖集团进行谈判，使达赖留在西藏与我和解。

● 毛泽东特别指示周恩来通知夏格巴："必须来京谈判，不要在港谈判。"

● 一场战争在所难免，毛泽东和中共中央认为只要仗打好了，就可促使西藏地方当局来京谈判。

中央督促西藏地方当局来京谈判

中央在确定十八军向西藏进军的同时，就确定了争取和平解放西藏的方针。

1950年1月20日，中央人民政府外交部发言人就西藏问题发表谈话，明确表示：

> 如果西藏当局派代表到京和中央政府谈判西藏的和平解放，那么，这样的代表自将受到接待。

1950年2月25日，中央发出指示：

> 我军进驻西藏的计划是坚定不移的，但必须采取一切办法与达赖集团进行谈判，使达赖留在西藏与我和解。

解放军在进军的同时，更要努力争取通过和平谈判方式解决西藏问题，这是中央的既定方针。但西藏地方当局并不领情，而是加强了在昌都等地的军事部署。

为达到和平解放西藏的目的，中央多次派遣熟悉西藏情况，对西藏有一定影响力的人士入藏，同西藏地方当局直接对话，宣传中央的和平主张，劝其响应中央号召，不动干戈，实现祖国统一。

在中央直接向西藏地方当局进行政治争取工作的同时，西南局和西北局也大力开展促进和平解放的工作。

1950 年 2 月 1 日，中央军委情报部青海联络站的张竞成（藏族）等人去西藏，5 月初到拉萨，将青海省人民政府副主席廖汉生和喜饶嘉措写给达赖喇嘛和达扎摄政的信以及带给达扎的口信交给有关方面，但当时形势特殊，于 6 月被迫离藏。

接着，西南局拟派志清（即密悟）法师赴藏劝和，中央 2 月 25 日电告西南局和西北局：

> 同意派志清法师赴藏说服达赖集团脱离美英帝国主义回到祖国，督促达赖本人或其代表赴北京协商解决西藏问题办法，或在进军中与我前线司令部谈判，西北方面如有适当人能派到拉萨去说服达赖集团者，亦应设法派去。

3 月底，志清法师与贾题韬居士行至金沙江畔岗托，被西藏地方当局阻拦，直到昌都战役后才放行。

到了 5 月 1 日，青海省由当才（达赖的长兄）、夏日仓、先灵等活佛组成了青海寺院赴藏劝和团（秘书为迟玉锐）。

该团 7 月中旬出发，至藏北黑河（今那曲）后，劝

西藏地方当局拒绝和谈

和团的其他人员为西藏地方当局所阻，仅三位活佛被送往拉萨。

西南军政委员会委员、西康省人民政府副主席、甘孜白利寺五世格达活佛于 1950 年 5 月 5 日致电朱总司令，请求入藏劝和。

格达活佛 7 月 10 日离开甘孜赴昌都，沿途召开土司、头人和寺庙上层喇嘛座谈会，宣传中央的民族、宗教政策，劝告他们不要与解放军为敌，争取西藏和平解放。

而他在 7 月 24 日至昌都后，由于阴谋者的下毒迫害，最终于 8 月 22 日去世。

为了能劝说西藏地方当局接受和平谈判，中共中央和西藏当地爱国人士做着积极努力，甚至牺牲了自己宝贵的生命。

不管怎么样，大家都希望西藏方面能派代表到北京进行谈判，毕竟是一家人，有什么事情可以坐下来商量。

疯狂的分裂活动

在解放军准备开始挺进西藏的时候，西藏地方当局依然我行我素，试图把西藏从中国分裂出去，挑起"驱汉事件"，开始了疯狂的分裂活动。

而在中华人民共和国成立后，西藏地方政府给毛泽东写了一封信，在信里表达了他们分裂的企图。

信文如下：

致北平中央人民政府主席：

尊敬的毛泽东先生！西藏是一个盛行佛教的独特国家，她预先注定要由观世音的化身（达赖喇嘛）来统治。惟其如此，西藏自古迄今都是一个"独立的国家"，其"政治"统治地位从来没有被任何一个"外国"接管过；西藏还保卫自己的领土，使其免遭"外来的"侵略，西藏一直是一个信仰宗教的民族的乐土。

鉴于青海和新疆等地毗邻西藏这一事实，我们希望得到中国军队不越过汉藏边界或不对西藏采取任何"军事"行动的保证。因此，请按照上述要求向驻扎在汉藏边境的军政官员颁布严格的命令，恳请尽快给予答复，这样我们

西藏地方当局拒绝和谈

才能放心。至于从前被并入中国版图的那些西藏领土，西藏政府希望在中国的"国内战争"结束之后举行协商谈判并加以解决。

从这封信可以看出，西藏地方政府是非常不切合实际的，他们不但要求共产党不进军西藏，而且还提出了领土要求。实际上，西藏地方政府此时是把所有的希望都寄托给了西方国家。

1949 年 12 月 22 日，西藏地方决定向印、美、英派团商讨"援藏"之事，所以，美国情报人员"多诺万"曾于 1950 年 1 月初为此征询印度"援藏"的立场。

印度外长梅农称："只有中国拒绝西藏自治，印度才可能提出西藏政治地位的问题。"他也不赞成西藏外派使团，尽管印度为西藏提供了小量武器，但希望避免任何有关西藏的挑衅活动和军事冒险。

美国也不愿接受西藏代表，尤其在毛泽东访苏时更是如此。美国国务卿艾奇逊在 1 月 12 日通知美国驻印度大使汉德森：

目前代表团来美会使问题复杂化，并加速中共的进攻……由于印度的制约，目前不能给予西藏援助。

为不使西藏对美失望，艾奇逊要汉德森尽可能以此时援助有害西藏为理由劝西藏不要派团赴美，但双方可在印度讨论"援藏"之事。然而，印度又拒绝了汉德森在印会谈的请求。

无可奈何的汉德森仍希望给西藏留下美国"慈爱"的印象。14 日他请求印度允其向西藏派代表，他保证不给西藏承诺，不刺激中共，也不给印度添麻烦。

但印度却以可能加速中共进攻为由再次拒绝。事已至此，汉德森只好建议暂停努力，否则中共行动后，印度很可能归咎于美国甚至损害美印关系。

中国政府密切关注藏事发展。

1949 年 11 月和次年年初，中国政府严厉谴责美国以承认西藏"独立"的方式来分割中国的领土，并妄想把西藏变成美国的远东殖民地和侵略基地，指出西藏派团不过是美国及其同谋所导演的傀儡剧，声明解放军在 1950 年一定要解放西藏。

上述的严正立场及美、印、英的有关目标差异，使美国大受挫折。

1950 年 1 月底，西藏代表团只好滞留亚东。

西藏地方当局拒绝和谈

毛泽东拒绝在香港谈判

西藏地方政府在求援的同时，又向中央政府派出以夏格巴为首的和谈代表团，并要求在香港谈判。

1950年4月，有一封电报从印度加尔各答发给"毛泽东阁下"，要求中央人民政府派代表"赴港商谈"。署名者之一是"孜本·夏格巴"。

过了一个多月，中央人民政府秘书长林伯渠给孜本·夏格巴发了一封复电，上面说道：

> 你们的代表团是西藏地方政府派至中央人民政府商谈西藏地方事务的代表团，不能称为西藏派赴中国外交代表团，谈判的地点必须在北京，不能在香港。

1950年5月下旬，毛泽东特别指示周恩来通知夏格巴："必须来京谈判，不要在港谈判。"

印度虽希望和平解决，却不愿在北京举行谈判，在中国政府没有对印度在藏利益做出承诺前，印度是不会把夏格巴这张牌交出去的。印、英均认为最好在印度谈判以保持密切的注意及影响，于是就千方百计阻挠西藏代表赴京。

夏格巴和他的同伴接到中央的电报后便陷入了沉默，加上外国势力的阻挠，迟迟未能来京谈判。

当时，美国也密切注视着西藏局势的发展。美国驻印度大使汉德森3月间再次希望英国就援藏之事向印度施加影响。印度表示它提供的少许武器仅为西藏日常之需而与抵抗中共无关，印度还拒绝英国提供援助的请求，只希望自己单独插手西藏问题。

6月9日，夏格巴向美方通报印、英对和谈的态度，对印度深感失望的汉德森还是劝夏格巴接受印度的安排。美国虽反对和平谈判，但在新德里总比在北京好，这起码给美国再开展工作留下了余地。

夏格巴的谈判愿望使美国的行动加快了。6月16日，美国国务卿艾奇逊亲自召见英国大使道格拉斯，讨论怎样才能激励西藏抵抗"入侵"而不是与中共谈判，希望英国"援藏"，并尽可能对印度施加影响。

鉴于以上情况，在1950年8月2日，国务院总理周恩来复电中国驻印度大使馆，指示必须坚持中央政府对西藏代表团之方针：

一、西藏为中国领土的一部分，我不能承认该代表团为西藏之外交代表。

二、由印经香港去北京既有困难，请考虑转回西藏经由国内其他路线如青海、西康、云南等地前往北京。

西藏地方当局拒绝和谈

1950 年 8 月 19 日，周恩来总理再次致电中国驻印度大使馆，传达了极其重要的信息：

> 印度政府承认中国在西藏的主权，并经过其驻北京大使表示印度政府对西藏从来没有现在也没有任何政治或领土野心，并说其他国家也不会干涉西藏。印度政府曾向我大使馆表示甚愿我西藏代表团早日到达北京，并闻英国政府已撤销其拒发签证的决定。如此，西藏代表团更可早日动身。你们以极关心和极友好的态度助其早日成行，并予以很好招待为要。

周恩来的电报，给陷入僵局的谈判指明了方向。若是夏格巴等人能作出明智的选择，和中央人民政府的代表在京举行谈判，也不会有后来的昌都战役。倘若他们来谈判，即便不能像后来的阿沛等五位代表那样取得圆满成功，但总会在西藏和平解放的历史上留下自己的足迹。然而，他们没有这样做，所以中共中央只能使用武力了。

西藏代表团拒不来京

由于外国势力的阻挠和干预，以及西藏内部的反动势力拒绝谈判，西藏的分裂活动变得更加疯狂。西藏地方当局拖延来京谈判的行期，迟迟不动身，使谈判难以进行。

中央政府的谈判条件在西藏上层的某些顽固分子看来，竟成为共产党懦弱和不敢向西藏进军的证明，可见西藏地方当局反动的真面目。

在没有办法的情况下，中央政府和进藏部队才考虑以武力来促使西藏方面进行谈判。

即使如此，毛泽东仍未放弃争取和平解决西藏问题的努力，因为他觉得西藏人民不愿看到战争。

1950 年 8 月 29 日，在部署昌都战役的时候，毛泽东还给周恩来写信，希望西藏代表团能在 9 月中旬赶到北京，双方可以在避免武力冲突的前提下解决西藏问题。

信上说：

> 请注意进攻昌都的时间。请考虑由外交部适当人员向印度大使透露，希望西藏代表团 9 月中旬到达北京谈判，我军就要向西藏前进了。西藏代表团如有诚意，应当速来，并请印度政

西藏地方当局拒绝和谈

府予该代表团的旅行以可能的协助。

也就在同一天，毛泽东又指示外交部：

> 去电申健（时任中国驻印度大使馆临时代办，负责办理西藏代表团经印度到北京谈判的有关事宜），叫西藏代表团马上动身来北京。电中请说明希望该代表团接电后迅即动身乘飞机至香港，转乘广九、粤汉、京汉火车，9 月中旬到达北京。

十八军出发后，先遣支队的同志们从雅安下汽车开始背上背包、枪械、粮食等徒步行军，晓行夜宿，克服了重重困难，前进千余里，于 4 月 28 日到达康北重镇甘孜城。

这里曾是国民党政府甘孜专署所在地，当时有刘文辉起义部队驻扎。

解放军到达甘孜，即按原定计划开始分头进行各自的工作，直接向昌都及金沙江沿岸的藏军宣传中央的和谈方针，并及时了解掌握各方面的态势，为尔后进军准备条件。

部队在此稍事休息后，即决定由一五四团政委杨军同志率领该团二营于 5 月 6 日西行 260 余公里，进驻金沙江东岸的邓柯县，5 月 16 日抵达。

072

解放军数月之间除按计划完成上面提及的工作任务外，在争取与西藏地方当局和平谈判的工作上也尽了最大的努力。解放军寻找、利用机会托付商贩、朝圣者、走亲访友的人把大量的印有党中央、西南局制定的关于和平解放西藏问题政策的材料捎往西藏，也有的土司头人经过做思想工作后给西藏上层朋友去信，传播中央和谈方针。

解放军还曾经直接给昌都总管拉鲁·次旺多吉及驻森达藏军代本木霞写信，要求和平谈判。但是这些努力的效果在当时都不明显，有的遭到断然拒绝。

由于听信帝国主义的煽动唆使，西藏反动当局有恃无恐，忘乎所以，以至达到了登峰造极的地步。对于中央政府的种种和平努力，西藏统治者不仅不响应，而且还反其道而行之。

西藏反动当局扩充兵力，训练军官，购买武器弹药，调兵遣将，把 10 个团扩大为 16 个团。藏军大部分调到昌都周围，以金沙江为防线，阻止解放军前进。

他们迷信于所谓"雪山恶水赛过十万大军"和美国人的武器、美元会流水般援助的许诺，对解放军的和平诚意横加阻挠，就是对西藏民族内部爱国人士所组成的劝和代表团、高僧和法师也阻挡入境，甚至扣押、软禁、谋害等。

时至 10 月，已过解放军警告西藏当局和谈的最后期限，以达扎·阿旺松饶为首的亲帝分裂主义分子，紧紧地依附着帝国主义势力，至死不肯接受中央关于和平谈判的召唤。

由于西藏地方当局的顽固，一场战争在所难免。

毛泽东和中共中央认为只要仗打好了，就可促使西藏地方当局来京谈判。

五、 发动昌都战役

- 毛泽东："如我军能于10月占领昌都，有可能促使西藏代表团来京谈判，求得和平解决。"

- 歼灭藏军主力于昌都及其以西之恩达、类乌齐地区，占领昌都，打下明年进军拉萨解放西藏之基础。

- 毛泽东："集中绝对优势兵力，四面包围敌人，力求全歼，不使漏网。"

中央下达昌都战役的命令

当张国华的部队进到康北竹庆地区的时候，周围的喇嘛寺忽然响起了钟声，一群持枪骑马的人奔上山冈，吹起法螺，不知情的藏族群众向解放军开枪射击。十八军马上停止了前进，晚上，那群人又围了上来。张国华十分生气，命人把那个为首的抓过来。

战士们一会儿就捉来一个穿红袈裟的指挥官。一审问，原来是个假藏人，是陈立夫的亲信。他供述：1949年冬天，有一些美国人和英国人在西藏地方当局的便衣武装护卫之下，来到了金沙江，企图阻止解放军进军西藏。

这些人利用喇嘛寺的钟声蛊惑群众与解放军对抗。现在西藏反动派在帝国主义的直接策划下，将原有的 14 个代本（相当于团级），扩充为 17 个代本，从外国运进大批军火、美国电台，请来英国教官调动、训练各地藏军。藏军还下令各寺院念经诅咒解放军，用各种方法负隅顽抗！

张国华觉得，再不开战就无法行军了。他就把所遇到的情况报告了西南局。

西南局根据张国华的报告，向中央请示发动昌都战役。

毛泽东主席看到报告后，为要不要发动昌都战役思考着。因为那个时候，中共中央仍然没有放弃和平谈判的期待，但西藏迟迟不派代表来京谈判。毛泽东觉得必须采取武力了，或许这样才可以促使西藏地方当局转变态度。

中共中央、中央人民政府争取和平解放西藏的种种努力，都遭到国外反华势力和西藏地方当局的阻挠与拒绝。

他们对中央派出的劝和代表加以阻止、软禁甚至杀害，决意关闭和谈大门；同时还陈兵金沙江西岸和昌都、类乌齐地区，妄图以武力阻挡人民解放军进军西藏。

为了实现解放西藏的战略目标，中央决定以打促和，及时实施昌都战役。

毛泽东于1950年8月18日电询西南局：

今年如能进到昌都当然是很好的，问题是：

一、甘孜到昌都一段道路很长，是否能随军队的攻进速度修筑通车。

二、昌都能否修建机场及是否适于空投。

三、一个师进攻昌都是否够用，藏军似有相当强的战斗力，必须准备打几个硬仗，这方面你们有足够估计否。我们对于以上几点尚不清楚，请分析电告为盼。

发动昌都战役

接到电报后，西南局于 20 日复电毛主席称：

> 至昌都的公路尚待勘查，明年才能修筑；飞机在昌都空投是可能的，能否修筑机场尚无确切情报；藏军的战斗力，"我们曾以两个连同敌人一个代本打了一仗，以一个排冲垮敌人一个代本"，加之藏军在昌都地区只有五六千人，且驻地分散，不易相互支援。因此"使用（十八军）四个团又两个营，加上玉树方面、察隅方面少数部队的配合，是够用的"。
>
> 在战役组织上，采取以我之主力使用于右翼（北面），迂回昌都以西，迫使敌军聚昌都而歼之。
>
> 部队准备在 10 月份结束昌都战役后，昌都留 3000 人，主力 12000 人后撤甘孜准备过冬。

8 月 23 日，毛泽东批准了这一报告。指出：

> 如我军能于 10 月占领昌都，有可能促使西藏代表团来京谈判，求得和平解决。现我们正采取争取西藏代表来京并使尼赫鲁减少恐惧的方针。

以打促和已经成了中共中央解决西藏问题的重要方

针。根据毛泽东主席的指示，西南军区于 8 月 26 日正式下达《昌都战役基本命令》，命令要求：

> 歼灭藏军主力于昌都及其以西之恩达、类乌齐地区，占领昌都，打下明年进军拉萨解放西藏之基础。
>
> 十八军以主力一部并让青海骑兵支队支援，从右翼迂回昌都以西，切断藏军退路；其余各部分别从北、东、南三面向昌都攻击前进。
>
> 以云南第十四军之有力一部，歼灭盐井之藏军，策应十八军行动。

各参战部队遵照西南军区的指令，立即进行战前准备工作。

随着雅安至甘孜段公路 8 月 26 日通车，十八军军长张国华、政治部主任刘振国率军机关主要部分于次日由新津出发，9 月 5 日抵达甘孜，与军前指会合，组成军前方指挥机关（简称军前指），组织实施昌都战役。

到了 9 月 8 日，中共西藏工委在甘孜召开扩大会议。书记张国华在会上作了四个月来的工作总结。

会议作出了几项重要决定，如下：

发动昌都战役

> 报请西南局批准，成立中共昌都工作委员会，以统一领导解放后昌都地区的工作；待昌都

共和国的**历程**·雪域奇兵

解放之后，选举产生昌都地区人民解放委员会，建立昌都地区过渡性政权机关；加强对西藏地方当局包括三十九族、波密等地的争取工作。

9月10日，西藏工委又发出了《关于昌都解放后工作要点的决定》，该决定为解放昌都以后如何开展工作提供了理论基础。

就这样，昌都战役马上就要打响了。

昌都战役的部署

1950年9月11日，十八军向西南军区报告了昌都战役的具体部署，内容如下：

根据当前藏军情况和西南军区的战役基本命令，十八军决定采取正面进攻与战役大迂回相结合的战法，集中主要兵力于北线，围歼类乌齐、恩达及澜沧江以东之藏军。北线部队为五十二师（欠一个营）、青海骑兵支队、军属炮兵营、侦察营、工兵营、第五十四师炮兵连及支司辎重团，成左、中、右三路配置：

右路，由一五四团、青海骑兵支队（以下简称骑支）、五十二师炮兵连、师骑兵侦察连（战役发起后配属青海骑兵支队）组成，担任深远的战役大迂回任务。

战役发起后，一五四团自邓柯先于师主力渡过金沙江，北行至青海玉树巴塘草原，与青海骑兵支队会合后折而南下，佯作欲经黑河进军拉萨之势。进至囊谦后，经协调，骑支靠右，一五四团靠左，以神速动作直插类乌齐、恩达，切断藏军西逃通道，并阻止丁青藏军东援，配

合师主力聚歼藏军于恩达以东和昌都地区。五十二师副政委阴法唐、参谋长李明等组成师前指，跟进指挥。

中路，由五十二师一五五团、一五六团（欠第二营）、军直炮兵营组成，继一五四团后自邓柯渡江，首先歼灭生达地区之藏军，尔后直取昌都，配合右路大迂回部队围歼藏军主力。

左路，由军侦察营、工兵营附五十四师炮兵连组成，担任正面攻击，自岗拖抢渡金沙江，向昌都方向攻击前进，务求抓住该地区之藏军，以配合五十二师歼灭昌都藏军主力。侦察营营长苏桐卿、军直属政治处主任王达选指挥左路部队作战。由吴忠师长、陈子植副师长、政治部主任周家鼎组成师指挥所随中路前进，指挥北线集团作战。

南线由五十三师一五七团自巴塘渡金沙江，攻歼宁静藏军，直出邦达、八宿，切断藏军西南退路。此路由五十三师副政委苗丕一指挥。

另建议西南军区令云南四十二师部队向盐井攻击前进，防止藏军向察隅逃窜（该师部队已于8月25日作出部署，并报十四军并西南军区）。

9月12日，西南军区批准了十八军昌都战役部署报告，并指出：

> 据查昌都经邦达、八宿至太昭，曾为清末赵尔丰入藏时藏军退却之路，望令巴塘方面之部队在歼灭宁静之藏军后，速向邦达、八宿方向前进，确实切断该路。另外，十四军参战部队在歼盐井之藏军后，亦应以一部向西北佯动，以策应十八军作战。

9月13日，十八军党委发出昌都战役政治命令，命令要求十八军战士一定要严格遵守党和军队的规章制度，并落实好党和军队的民族政策，继续发扬艰苦奋斗的精神，还要节约粮食，保证"战役在军事政治上的全胜"，"为西藏人民立下第一功"。

9月15日，十八军前方指挥机关在甘孜召开作战会议，研究贯彻上级有关指示、命令，及"迂回包围歼灭藏军"的作战指导思想。

张国华、吴忠分别就作战指挥、行军管理、后勤保障等方面作了重要指示。

会议提出了"不怕突不破，就怕包不住，包住就是胜利"的响亮口号。

9月18日，五十二师召开连以上干部会议，张国华讲了作战当中应该注意的问题，吴忠下达了作战任务。

9月20日，十八军根据西南军区贺龙司令员关于昌

发动昌都战役

都战役的指导要点，强调"以歼灭敌人有生力量为战役主要目标，占领昌都为歼敌的目的"，发出了作战指挥要点指令。

该指令着重指出：

作战中要强化纵深侦察，及时掌握敌情变化。部署上正面兵力不宜过多，使用主力进行迂回，务求切断敌退路，分割包围。以密集火力予以摧毁性杀伤，随即突击歼灭之。突击与迂回部队均应以营或连为单位，不可过于分散，保持突击力量，便于遂行机动与应付任何情况。行动中保持秘密、迅速，加强搜索警戒，防敌骑兵袭击。

9月中下旬，青海、云南等参战部队按照既定方案，陆续向昌都地区挺进。

十八军参战部队分别由甘孜向邓柯、德格等地徒步行进。

道路是十分艰险的。甘孜距离金沙江边大概有300公里，十八军战士平均负重35公斤，在极端恶劣的高原环境下行军，是难以想象的。尽管路不好走，但大家依然激情高涨，解放西藏的伟大信念鼓舞着他们继续前进。

十八军副政委王其梅带领一批准备到昌都开展工作的政治干部，随军直部队于10月5日抵达德格。

9月20日，青海骑兵支队长孙巩、副政委田惠普由玉树抵邓柯受领任务。

一五四团团长郜晋武受师领导委托，与他们研究了敌情、道路等情况和作战实施方案。

9月29日，吴忠、陈子植、阴法唐、李明和周家鼎抵达邓柯，向青海骑兵支队交代了任务，并确定由阴法唐、李明组成师前指，统一指挥右翼担任战役迂回任务的部队。

骑兵支队于10月1日离邓柯返玉树。

一五七团后续部队两个营，分别于8月27、29日抵达巴塘，做渡江准备。

10月3日，张国华、刘振国和天宝到达玉隆，就部队过江后的物资运输问题与夏克刀登商洽后，张国华向西南军区报告了昌都战役发起的时间。

一切准备就绪，就等开战命令了。

发动昌都战役

毛泽东关注昌都战役

毛泽东主席时刻关注着西藏人民和这片美丽而富饶的土地，所以，十八军的一举一动都牵动着他的心。

毛泽东是个军事家，对战争很有谋略，也很自信，更有着"慎重初战"的一贯作风，对任何战役他都要考虑前前后后，以免带来不良后果。

昌都战役前，我国驻印度大使曾接见西藏代表团，明确告其人民解放军即将向西藏进军，他们务必在9月20日前来北京谈判。

9月23日我大使又警告他们说，既定9月20日前去北京的期限已过，后果由他们负责，但仍然可以继续前往北京谈判。然而他们依旧迟迟不动，失去了谈判解决西藏问题的良机。

毛泽东估计如果仗打得好，可能促使西藏地方当局前来谈判。事实证明这个估计是正确的。

和平有时候要用战争来赢取。

从1950年8月18日到23日的6天时间里，毛泽东就3次电询昌都战役准备情况。可以看出，毛泽东主席对昌都战役是十分关注的，因为它关系到西藏和平谈判的进程。

毛泽东对昌都战役作了如下的指示：

集中绝对优势兵力，四面包围敌人，力求全歼，不使漏网。

必须在藏军心理准备不足的情况下，歼灭其全部有生力量，避免藏军打持久战的想法，那样的话就会拖延解放军进军西藏的时间，消耗解放军的精力和后勤保障。

后来，毛泽东主席还是觉得不放心，担心进藏部队军备不足，便于 8 月 31 日批示有关部门："购 30 架高空运输机，支援昌都战役。"

当时，新中国刚刚诞生 10 个月，彭德怀正在朝鲜战场上打击美帝国主义的侵略军。

由于是异国作战，而且当时的朝鲜经济条件很差，所以中央更应该去支援彭德怀，何况朝鲜对中国边境的安全是很重要的。

但是，毛泽东觉得西藏问题关系到祖国的统一大业，如果错过解放西藏的良机，就会使事情变得十分复杂，于是就把 30 架高空运输机批给了张国华的十八军。

可以看出西藏在毛泽东心中是多么的重要。而昌都战役能否取得成功，关系到中央与西藏地方当局和平谈判的进展。到后来，周恩来总理又批准将刚从苏联购进的吉斯—150 运输车拨出 200 辆提供给十八军使用。

即便有毛泽东主席和中共中央的大力支持和援助，

发动昌都战役

十八军的作战条件依然很艰苦，甚至到了无法想象的地步。这一切都让毛泽东主席很忧心，他在担心西藏解放的同时，也时刻关注着前线的战士，他想尽办法去解决战士所面临的困难。

进藏部队正是有了毛主席和祖国人民的嘱托，有了伟大意志的支撑，以及他们对西藏和平解放的期盼，才勇往直前，战胜了一个又一个困难。

胜利的曙光正照耀在美丽的西藏高原上。

新任昌都总管

当解放军临近金沙江东岸时，原昌都总管（基巧）拉鲁·才旺多吉任期已满，他上书噶厦请求准予回拉萨。

按照以往的惯例，昌都总管必须由一名现任噶伦出任。但在拉萨的三位噶伦谁也不愿在这种时候赴任昌都，文武官员更是畏缩不前。

于是，摄政达扎决定，突破清朝给西藏设立四名噶伦的定制，提升孜本（人事审计官）阿沛·阿旺晋美为增额噶伦，前往昌都接替拉鲁。42岁的阿沛·阿旺晋美临危受命，慷慨赴任，很有点悲壮的意味。

由于解放军挺进到金沙江以东，阿沛·阿旺晋美临危受命，被推上了噶伦的高位。阿沛记得，在去年年底的一次重要的官员会议上，他作为噶厦孜康的四大孜本之一，也是会议的主持人之一。

当时西藏地方政权掌握在以摄政达扎为核心的少数分裂主义分子手里。他们在帝国主义分子的策划指使下，蓄意要搞西藏独立，连续召开官员大会，讨论怎样武装阻止解放军进藏，并决定向美国、英国、印度、尼泊尔派出所谓的"亲善代表团"，向这些国家宣布所谓的"西藏独立"，乞求这些国家给予政治支持和军事援助。

在官员大会上，意见基本上是一边倒，当然这中间

发动昌都战役

也不排除有一部分官员是迫于形势而表态的。在那样一种形势下，只有阿沛·阿旺晋美是唯一一个站出来表示不同意见的噶厦官员。

阿沛站起来说："大家都知道，西藏是中国的一部分，中央政权对西藏行使主权管辖已有700多年的历史了，这是不可否认的事实。所以，西藏的问题只能同中央政府来解决。"因此阿沛建议，应派一个代表团去北京同中央政府进行商谈，这样才对得起西藏人民。

会议主要讨论对共产党的解放军是战是和的问题。一些参加会议的官员危言耸听，说什么"共产党青面獠牙，绿须红眉，是一群吃人的魔鬼"等等。

对于这些话，阿沛感到很厌烦。他镇静地说："谣言中讲的那些事，我是不信的，我相信共产党也是人，而不是魔鬼。反过来讲，如果共产党真的如有些人说的那个样子，又假设他们有1亿人，那么在4.5亿的中国人中还有3.5亿人不是共产党。我们常说：'针能穿过去的，线也能过去。'3.5亿人同共产党相处，能过得去，我们西藏100多万人也能过得去。"

当有的官员提出要同共产党较量时，阿沛感到吃惊。他说："要同共产党打仗，实在是用鸡蛋往石头上砸。据说国民党有800万军队，还有美国的精良武器，他们同共产党打了十几年，非但没有取胜，反而被共产党消灭了。西藏男女老幼齐上阵也不过100万，又没有精良武器，怎么打？我看只有和谈，不能打。"

阿沛言之有理，那些主战派听了这席话都沉默了，不知道该怎么反驳他的话。在那之后，拉萨市内街谈巷议，主张和谈的人大为增多。

但是，在噶厦内部，还有相当一部分掌权者把希望寄托在金沙江的天险和英、美等国的援助上，结果仍然是主战派占了上风。但是，主战派的大员们都不愿带兵上阵，所以才出现了委任主和派阿沛·阿旺晋美为增额噶伦兼任昌都总管的局面。

阿沛·阿旺晋美面见摄政达扎时说："上司抬举我，委以重任，我愿从命。但是现在解放军部队已向昌都方面前进，也许马上就要兵临城下。我们迟早要同解放军接触的，总是要谈判的。请上司给我权力，我去昌都后暂时不接任总管，而是直接去找解放军谈判。'找水源，去雪山。'我一路东行，直到找到解放军为止。"

摄政王达扎惊愕得半晌无话，昏花的老眼里三分喜三分忧，两分惊诧两分狐疑。满庭文武大员脸色千差万别，各有一番滋味在心头。经过官员扩大会议讨论，最后的结果是向噶厦提出意见书，同意阿沛的要求。

但是，官员扩大会议在给噶厦的意见中认为，阿沛已是堂堂噶伦，不宜贸然与解放军谈判。先责成在印度的孜本·夏格巴等人同共产党接触，待时机成熟后再由阿沛出面谈判。噶厦和达扎批准了意见书，并将其副本交阿沛本人一份，要他先去昌都上任，相机行事。

阿沛·阿旺晋美面对着布达拉宫顿足长叹。他完全摸

透了噶厦掌权者的心理：他们像是掷骰子的赌徒，幻想着金沙江的天险和外国朋友的诺言，根本不把西藏人民和上万藏军的安危放在心上。如果不把自己的老本输光，他们总是不甘心谈判的！鼠目寸光啊，可叹可悲……

新任总管阿沛·阿旺晋美就是怀着这样一种无可奈何的心情去的昌都。

1950 年 8 月 28 日阿沛到达昌都。他一到昌都，就下令解散民兵，并作出了不再动员民兵的决定。

一周后阿沛致电噶厦：

> 因时世浑浊，民不堪命，这里有的县内仅
> 有七八户还有糌粑，其余全以萝卜青菜为食，
> 乞丐成群，景象凄凉。

针对噶厦命令他进攻玉树一事，阿沛建议"停止进攻，汉藏双方最好和平解决，如果不行，也应先从边境一带撤出所有部队"。

可惜，噶厦没有采纳阿沛的建议。

阿沛还想把前线的藏军撤回来，但还没来得及撤军，人民解放军就已经发起了昌都战役。

六、 大军攻打昌都

● 十八军准时于邓柯、德格、巴塘横渡金沙
　江，打响了昌都战役。

● 十八军和各路支援部队发起昌都战役之后，
　昌都总管府的官员们还不知道前线的情况。

● 1950 年 10 月 6 日，解放军从东、北、南三
　面发起昌都战役。

藏军情况与部署

昌都是西藏的东部大门，是从四川入藏的咽喉要道，地理位置非常重要。西藏地方政府在昌都设总管府（都麦基巧），派一位噶伦担任军政总管，加强对昌都及包括金沙江在内的周围的防御。新任总管阿沛·阿旺晋美于8月底到达昌都，接替原总管拉鲁·才旺多吉的职务。

要争取西藏和平解放，就必须拔掉昌都这个钉子，消灭昌都及其周围的藏军，这样才可以顺利挺进西藏。此时，西藏地方政府将藏军8个团4500余人的兵力，配置在昌都地区。

其具体部署如下：

第十团位于江达至岗拖一线，第九团位于宁静（现芒康），第三团（包括代本牟霞、噶炯娃两部，各500人）和第六团（炮兵）一个连位于以生达为中心的周围地区，第七团位于恩达、类乌齐、甲桑卡等地，第四团位于丁青及以西之色扎，第二团一个连（总管府卫队）及第八团位于昌都。另有民兵武装3000余人，分散配置于盐井、门工、波密、边坝、硕般多、洛隆和生达等地区。

昌都藏军的部署特点如下：南轻北重，前轻后重，梯次配置、分区布防。藏军扼守要道隘口，妄图凭借金沙江、澜沧江以及横断山脉之天险，阻止人民解放军挺进西藏。

藏军为西藏地方政府的武装力量，其代本均由西藏贵族担任。他们虽受过外国人的军事训练，但没什么实战经验，更缺乏军事指挥能力。士兵按地服役，世代相袭，因此军队里充斥着很多老弱病残，战斗力一般。藏军内部等级森严，导致矛盾加剧。其装备多为第一次世界大战时期的英式武器，新中国成立前从印度购置了一批第二次世界大战中使用的英式步枪、机枪、迫击炮、弹药等军用物资。藏军火力不强，通信手段落后，电台极少。

不过，藏军多为职业兵，射击技术较好，善单兵作战，适应高原环境，生活简便，以马代步，机动较快，在分散游击时，亦能起到袭扰作用，所以不应低估藏军的能力。

但不管怎么样，解放军都下定决心拿下昌都，给西藏反动顽固势力以沉重打击。

大军攻打昌都

三路大军强渡金沙江

十八军作战部署完成以后，遵照西南军区"决定于1950年10月7日开始全线渡江，执行昌都战役"的命令，准时于邓柯、德格、巴塘横渡金沙江，打响了昌都战役。

金沙江位于长江上游，邓柯至巴塘段水面最宽120米，水流急速，多暗礁漩涡，水情十分险恶。邓柯为北线主要渡口。

为了实现昌都战役的大迂回战略，五十二师师前指及所属一五四团提前于10月6日凌晨开始渡江，并迅速向预定地点前进，10月8日至青海省玉树以南的巴塘草原。

青海骑兵支队于10月7日从玉树出发，当天到达巴塘草原。

五十二师骑兵侦察连已于10月6日到达巴塘草原。配合骑兵支队行动。郄晋武团长和军政治部宣传部部长夏川具体组织协调部队展开行动。师前指于10月8日赶到巴塘草原，10月8、9日，按骑支、师前指和一五四团的序列向西南继续前进。

五十二师主力于10月7日开始强渡金沙江，10月12日渡江完毕。渡过金沙江以后，一五五团在右，向生达、昌都前进；一五六团（欠一个营）、军炮兵营在左，沿玉曲、都兰多之线，直取昌都。

师前指沿一五六团路线跟进。一五五团先头部队前进途中，获悉牙夏松多有藏军和民兵驻防，即向牙夏松多奔袭，毙伤和俘虏藏军10多人。藏军残余部队仓皇西逃。

担负正面进攻任务的军侦察、工兵两营及第五十四师炮兵连，于10月6日黄昏后从德格向金沙江边开进。

三队人马在开进途中，除指战员背负武器装备和粮食外，两个人抬一条牛皮船，60人抬一条木船，趁夜急行几十里路，凌晨3时到达金沙江边。

10月7日拂晓，侦察营担任突击的第一连在炮火掩护下开始渡江，向对岸岗拖藏军第十团一部发起猛烈攻击。藏军居高临下，进行顽强抵抗。

解放军战士拼死强渡，齐心协力把船划到岸边，迅速攻占了滩头独立房屋，在炮兵掩护下，坚守了滩头阵地。后续分队强渡时，遭到藏军密集火力的封锁，强渡受阻。到了10月8日凌晨，经严密组织，强渡到金沙江对岸，并迅速攻占岗拖，毙伤和俘虏藏军30多人。驻同普的藏军第十团百余人闻讯便向江达方向逃窜。

由苗丕一指挥的五十三师一五七团主力，于10月7、8日自巴塘以北偷渡金沙江，直取宁静。该团第三营于10月9日零时，在竹巴笼渡口经过激烈战斗，渡过金沙江，毙伤和俘虏藏军第九团一个连。

大军攻打昌都

10月11日，当一五七团部队进至宁静（现芒康县）附近的古雪（古树村）时，藏军第九团代本德格·格桑旺堆见败局已定，经与部属和官员、头人等商议后，主动前来接洽和解，受到一五七团政委冉宪生的热情接待。

苗丕一将格桑旺堆谋求和解的情况上报后，西南军区于12日复电，给予宽大处理。10月12日，格桑旺堆引导一五七团进入宁静。

藏军第九团的起义，削弱了藏军的抵抗能力，大大加快了解放军的进军速度。

战役发起后的第五天，十八军军前指张国华、李觉根据藏军各部队反映过来的情况，判断藏军有全线撤退的可能，估计会放弃昌都城。张国华等人于10月11日电令各部迅速前进，特别电令青海骑兵支队和一五四团兼程前进，完成战役迂回包围任务，务必切断藏军退路。

此时，各路部队已进入战役纵深地区，跋山涉水，历尽了无数的艰难困苦。为完成作战任务，各参战部队加强部队的思想教育，充分发挥干部和党员的模范带头作用以及党支部的战斗堡垒作用，确保军前指"迅速前进"、"兼程前进"命令的实现。

五十二师决心以一五五团、一五六团一起歼灭位于生达的藏军第三团。两团兼程前进，其先头营分别于10月13日晚、14日中午抵生达。但还没有对藏军形成包围，牟霞代本便率藏军西逃。一五六团立即经玉曲卡向昌都快速前进。

10 月 16 日下午在小乌拉追上藏军第三团后尾，藏军见势后撤。经生达、小乌拉两次战斗后，师主力分路继续向昌都急进。

走内翼的一五四团，在穿越近百公里荒无人烟的巴塘草原时，天气异常恶劣。刚才还是烈日当头，可马上就乌云密布、大雨滂沱，而且风雨之后还可能大雪弥漫，条件极其艰苦。

10 月 14 日夜，该团被大风雪和冰雹阻于囊谦寺以南的高山上，战士们就卧在冰雪上进入了睡眠。10 月 15 日晨，整个部队已被大雪覆盖而看不到人。这真是难以想象的艰难啊，为了西藏解放，他们敢于挑战生命极限！

侦察、工兵营强渡金沙江后，战士们继续挺进，追击西逃的藏军十团。16 日晚，从藏族群众中获悉"前面就有很多藏军，牛马千多头"的情况，苏桐卿、王达选立即率部连夜兼程前进 15 公里，在觉雍以西的拉者山口发现了他们的集聚地。

于是，解放军迅速将藏军第三团噶炯娃部及第十团一部约 200 人包围。激战 1 小时，打败藏军。战斗结束后，立即向昌都快速前进。

大军攻打昌都

占领昌都

1950 年 10 月 7 日，当十八军和各路支援部队发起昌都战役之后，昌都总管府的官员们还不知道前线的情况。

10 月 11 日宁静等地解放，岗拖发来告急，战败部队陆续退往昌都，到了这个时候，总管府的人才慌了。昌都总管阿沛·阿旺晋美当日发电报给噶厦当局，报告昌都战况，等待着西藏方面的决断。

西藏地方政府到 10 月 12 日才知道昌都已经开战了，但他们觉得还没那么严重，还幻想着金沙江的天险和外国势力的帮助。那些官员依旧在林卡里吃喝玩乐，迟迟不给昌都下达命令，让阿沛等人不知道如何是好。

10 月 17 日，阿沛得知藏军第三、第十两个团在觉雍被重创的情报后，总管府一片混乱。便召集在昌都的所有官员，就投降还是后撤的问题认真商讨，大家一致同意后撤。这个时候，噶厦也下达了撤退的命令。

10 月 18 日凌晨，阿沛率驻守及撤到昌都的藏军 2000余人开始西撤。

当解放军正面攻击部队在 10 月 16 日奔袭觉雍，战役迂回部队 17 日攻占类乌齐、甲桑卡后，五十二师吴忠等判断，藏军可能放弃昌都西逃，于是令青海骑兵支队务于 18 日、一五四团务于 20 日前抢占恩达，截断藏军西逃退路，其余各部要"不惜一切穷追歼灭之"。

张国华时刻关注着战役的情况。当得到第五十二师的电报后，张国华、李觉马上通令各部："上述部署完全正确，各团务必坚决达成此部署。"同时指出，北路各部完成部署后，昌都藏军可能向邦达方向溃退，责令"苗（丕一）应督促冉（宪生）、柴（洪泉）率之两营加快行程，速向邦达疾进"。

各部队坚决执行命令。南线部队在占领宁静后，一五七团政委冉宪生和副团长柴洪泉接军前指电令后，率两个营已于15日自宁静出发，兼程向邦达疾进。

如此快速的急行军，是对部队战斗力和战士们意志的极大考验，许多人嘴里念叨着坚持就是胜利，不管有多么劳累都忍着往前走，尽管有人掉队，但大家最后都按时到达了指定地点。

吴忠率领的五十二师主力向昌都快速前进。一五六团两个营从10月16日起，已断粮4天，他们忍痛杀掉随行驮运物资的少量牦牛、马匹充当食物，又向藏胞购买了圆根（蔓菁）来填饱肚子。他们兼程3天，于19日20时进入昌都市区。昌都总管府军政人员200人投降。

当天24时，军侦察营进入昌都，获悉昌都总管已率部西逃，立即向昌都西南方向追击。一五五团以一天半的时间翻越三座高山，强行军90公里，19日晚进至昌都北郊。

战役南翼的云南参战部队在四十二师师长廖运周指

挥下，由团长高建兴率领的第一二六团一营，于 10 月 4 日沿怒江北上，10 月 5 日进至扎那，与西藏地方民兵武装交火。

一二六团一营在 10 月 6 日凌晨发起攻击，俘民兵大队长（相当于营长）那恩的部属 13 人。此次战斗，第二连六班班长魏殿堂带领全班乘夜摸到敌后，断敌退路，并奋勇追击，冲在最前面，活捉了那恩，受到了上级的表扬。

由团政委成泽民率领的第二营进至梅里雪山脚下，两个营均向碧土急进。10 月 8 日，第一营经过 90 公里的急行军，以突然袭击攻占了碧土，俘左贡宗本（相当于县长）兼民兵总指挥多东几司以下 395 人，缴获各种枪 150 支。

10 月 4 日，第二营开始翻越海拔 6000 多米的梅里雪山，歼灭了在雪山北侧阻击解放军的民兵。经过艰难跋涉，于 10 日抵达碧土，与第一营会合。

随后，一二六团一营与第一二五团三营相配合，于 10 月 12 日进占盐井。驻该地的藏军第九团一个连仓皇北逃，百余民兵就地溃散。一二五团三营经过耐心宣传解放军的民族政策，叫回了逃散的民兵 80 余人。

云南参战部队的作战行动，有效地支援了昌都战役。10 月 19 日解放昌都后，西南军区就命令该部除留一二六团一营于门工、三营九连于盐井外，其余均撤回云南德钦、中甸地区休整，以减轻供应上的困难。

10月20日，昌都城防司令部宣告成立，贴出安民布告，要求部队严格遵守纪律，以实际行动宣传党的民族平等、团结的政策。这很快就得到了昌都人民群众的热烈拥护。

在昌都市区，人民群众举行各种欢迎仪式，并协助解放军维护社会秩序。有的群众将逃散的藏军连人带枪送交解放军。未逃走的昌都总管府军政官员和士兵500余人前来投降。昌都城区商贸活动迅速恢复正常，社会生活井然有序，老百姓盼来了安宁。

十八军主力部队已攻入昌都，但守敌大部溃逃，阿沛·阿旺晋美率领的昌都总管府直属人员及藏军大部，退到昌都西南约20公里处的朱古寺。

这个时候，阿沛·阿旺晋美已经有了向解放军投诚的想法，他深深明白：这种对抗是徒劳的，和平谈判才是最好的解决方法。

大军攻打昌都

来自青海的援军

早在 1950 年 1 月 17 日，毛泽东给西南局回电。电文如下：

宗逊并告仲勋及贺邓：

一月九日电悉。同意你的提议，用青海骑兵支队携带一个半月的粮食配合西南军队入藏，到拉萨及日喀则后由西南负责解决给养问题。请即照此做准备，并请注意：（一）从青海藏人中招收少数志愿兵，例如二三百人马，给以训练武装，加入骑兵支队；（二）班禅集团随军入藏的各项准备工作；（三）该支队受十八军指挥，并编入十八军序列。

毛泽东

一月十七

毛泽东电报中的宗逊，即张宗逊，当时任西北军区第一副司令员。仲勋，即习仲勋，当时任中共中央西北局第一书记、西北军区政治委员。贺，指贺龙，当时任中共中央西南局第三书记、西南军区司令员。邓，指邓小平。

1950 年，根据中央指示和西北军区的部署，来自青海方面的骑兵支队经过日日夜夜的跋涉，已经到了西藏境内，为发动昌都战役、配合十八军行动做着准备。

孙巩率青海骑兵支队到达玉树的同时，十八军通信科长孙培根携电台和机要人员也从西康赶到玉树，开通了青海骑兵支队与昌都战役指挥机关（即十八军军前指）的无线电通信联系。

骑兵支队到达后，孙巩就接到了战役总指挥十八军军长张国华的命令："迅速投入战役准备，配合十八军五十二师解放昌都。"

1950 年 7 月 28 日，骑兵支队侦察分队在参谋长郭守荣带领下，秘密进入囊谦，展开侦察昌都、黑河地区的藏军布防情况和其他方面情况的工作。

到了 8 月中旬，侦察分队全部完成了解放军各路部队进入昌都线路的侦察任务，并绘制了地图，为解放军发动昌都战役做了充分的准备，也提供了有力的决策依据。战士们跃跃欲试，等待着这场战役的开始。

同时，孙巩根据西南、西北野战军首长指示，组织 1000 多头牦牛，运送了大批昌都战役所需弹药和各类物资，动员 1000 多名民工和部队修复了巴塘机场，随时准备在战役期间接收空运作战物资和兵员。

1950 年 9 月初，战役准备工作基本结束，青海骑兵支队全部集结玉树，等待发起昌都战役。

9 月 5 日，战役总指挥张国华，从甘孜向参加昌都战

役的西南、西北野战军各部下达了中央关于 10 月份结束昌都战役，促使西藏当局早日派代表赴京和谈的命令，以及争取明年进军拉萨，解放西藏全境的重要指示。

当天，战役指挥部又向青海骑兵支队下达了协同一五四团共同担负战役外翼迂回，攻击前进，消灭囊谦及类乌齐、恩达藏军的任务，要求切断藏军的西逃退路，配合主力部队攻取昌都。

10 月 6 日，解放军从东、北、南三面发起昌都战役。

按照部署，青海骑兵支队从玉树出发，10 月 7 日在巴塘和五十二师骑兵连会合后，又于当日与一五四团主力会合形成战役右路纵队。

骑兵支队担负右路纵队的先锋任务，孙巩率队穿过巴塘草原后，率先翻越囊谦北部海拔 5000 多米的雪山，渡过扎曲河，到达甲桑卡，首先接敌。

甲桑卡 200 多名藏军见青海骑兵支队来势迅猛，不战而逃。

10 月 14 日夜，孙巩率骑兵支队进入青藏边境预定位置后，奉命就地宿营，短暂休息，等待后续部队共同攻占类乌齐。

部队刚准备扎营做饭时，突然接到张国华命令，要求青海骑兵立即起程，连夜南下，单独攻占类乌齐，务必夺取恩达。

孙巩当即命令部队拔营出发，冒着风雪连夜向类乌齐奔去。

天明前，当他们到达磨格日雪山时，海拔5000多米的大坂上积雪深达1米多厚，示嘎山口附近的积雪深达马背，人和马行走十分困难。

孙巩带领一个排在前边挖雪开路，后面的部队有的拉着马尾巴向前爬，有的手脚并用，刨雪挖冰前进，终于在16日拂晓前接近藏军前哨据点则美。

驻守在这里的藏军一个代本，做梦也没想到解放军会通过示嘎山这样险恶的地方，而且是在晚上出现在他们阵地前。

骑兵支队两个连队突然向藏军发起猛攻，仅用10分钟的时间就把睡梦中的藏军全部歼灭。

随后，青海骑兵支队又乘胜向前突进，马不停蹄地向类乌齐奔去。

17日8时25分，孙巩收到指挥部命令，一五六团在攻取小乌拉受挫，吴忠部请求孙巩支队无论如何截断藏军的退路。接到命令后，部队加快速度向类乌齐驰去。

当时，许多战马都受了伤，没马的战士徒步随骑兵奔跑，终于在当日中午11时赶到了类乌齐。

孙巩当即命令部队展开，以骑三连攻占城北高地，以侦察连攻占南山要点，并向镇东攻击，以骑一、二连向镇西攻击。

11时50分，在重机枪和炮火的掩护下，骑兵一连首先突入镇南。防守南北山地的藏军边战边退。不久，藏军在解放军追击下大部溃散，躲进深山密林，只有七个

大军攻打昌都

代本带领残部 70 余人向东逃窜。

孙巩当即决定留下骑兵支队参谋长郭守荣留守类乌齐，组织没马的战士搜山清剿残余散兵，自己率领其余人员继续向恩达奔去。

10 月 18 日清晨，青海骑兵支队抵达了恩达。这时骑兵支队（含五十二师骑兵侦察连）除掉队的外，到达恩达时只剩骑兵百余人和弃马徒步跑来的百余人，全部兵力只有 200 多人。

青海骑兵支队在一五四团尚未到达恩达之前，就顺利地完成千里大跃进、迂回包围、占领恩达、彻底截断藏军逃向拉萨退路的艰巨任务。

七、 藏军大部投降

● 张国华："你们即向昌都攻击前进，抓住敌人，猛打猛追，敌人逃到哪里，你们就追到哪里。"

● "你们解放军是菩萨兵，是救命恩人。我们返回家乡后，再不替噶厦卖命了。"

● 刘少奇："这真是解放西藏的淮海战役啊！"

阿沛·阿旺晋美的大义之举

在昌都战役期间，当解放军渡江的消息传遍全城的时候，藏军、喇嘛和居民在昂曲河边汇成一片，法号、鼓钹、海螺的鸣声和诵经声喧腾不息。

那些人在燃烧柏枝、煨桑、祭神的滚滚浓烟中不停地转经、叩头，求神佛保佑。喇嘛把解放军的模拟像扔进火堆里，诅咒解放军快点死去，但所有的这一切都是徒劳，因为昌都解放已经成了定局。

1950 年 10 月 12 日，从昌都以南的宁静（芒康县）传来藏军第九团德格·格桑旺堆率 300 余人宣布起义的消息。霎时，如雪山崩塌，昌都藏军的军心完全崩溃了。

10 月 16 日夜，当昌都总管阿沛·阿旺晋美得知解放军已逼近昌都、类乌齐一带，而且后方也出现了忽东忽西的解放军部队时，早就不愿抵抗的阿沛就下达了撤退的命令。

当孙巩率领的青海骑兵支队占领恩达后，又接到了作战总指挥张国华军长的电令：

> 主力纵队已攻入昌都，但守敌大部溃逃，去向待查，可能向西逃。你们即向昌都攻击前进，抓住敌人，猛打猛追，敌人逃到哪里，你

们就追到哪里。

此前，孙巩的骑兵支队，从青海玉树出发，进入敌占区后，连续7天7夜，马不停蹄，终于在主力纵队合攻昌都的前一天，抢占了恩达，切断了敌人西逃的退路。

现在，他们接到张国华的电令后，又立即回师向东，向昌都攻击前进，追寻、堵截昌都的大批溃军。令人费解的是，那样一支数千人马的溃军逃到哪里去了呢？青海骑兵连的战士们追寻着、判断着。

事实上，阿沛·阿旺晋美率领藏军大部，退到离昌都西南约20公里处的朱古寺后，同身边几个官员商议，决定派出两批官员分路寻找解放军，进行接洽联系。

1950年10月20日拂晓，孙巩支队抵进昌都以西的宗泽山口，从群众和藏军溃兵被俘人员口中得知，阿沛带着队伍取小路向朱古寺方向去了。

骑兵支队和十八军骑兵侦察连马上从浪达进入朱古寺谷道东口。途中，遇到昌都总管派出的投降代表。在他们的引导下，骑兵主力急速奔向朱古寺。

张宽连长所带的步兵，取道向朱古寺前进，途中又遇到藏军派出一僧一俗两位投降代表。不久，寺院挂出白旗。

10月20日上午，支队主力与张宽所带步兵会合于朱古寺。

支队司令孙巩带警卫人员和藏族干部益喜楚臣进入

藏军大部投降

朱古寺，会见昌都总管阿沛及他属下的高级官员，面谈如何接受藏军投降问题。

为了表示对投降官兵的关切与信任，孙巩司令员同意昌都总管和在座的四品以上官员的防身武器一律不缴。但他指出："你们这里的外国顾问，必须交出。"

总管阿沛便交出了英籍电台"台长"福特（特务人员），印籍报务员和全部通信器材。会见后，藏军按指定地点送交武器和马匹。

对于俘获的负伤藏军官兵，我军全部收容并给予治疗。对投降的官兵、家属每人发给 8 元以上的银元做路费，每 3 人发一匹马，还发给粮食。

被遣散的人员无不感谢解放军的宽大政策，有的叩头流泪，他们对解放军说：

"你们解放军是菩萨兵，是救命恩人，我们返回家乡后，再不替噶厦卖命了。"

达赖喇嘛亲政

十八军发动的昌都战役给藏军以沉重打击，使藏军再也没有反抗能力了，也促使西藏内部开始分化，而且也极大地震慑了外国势力。

1950 年 10 月 21 日，在昌都战役还没有结束的时候，印度政府就给中国政府送交了一份备忘录。备忘录说："假如敌对中国的一些国家，因为中国当局在西藏的军事行动，而采取歪曲中国和平的做法，那么中国的地位将会因此而削弱。"

11 月 1 日，美国国务卿艾奇逊在华盛顿记者招待会上诬称中国人民解放军解放西藏的行动是"侵略"。

11 月 15 日，萨尔瓦多驻联合国代表向联合国秘书长赖伊提出所谓"入侵西藏"问题的提案。萨尔瓦多是中美洲西岸的一个小国家，该国政府一直是在美国控制之下。据国民党"中央社"15 日消息，国民党方面也认为萨尔瓦多的提案是美国在背后捣鬼。

11 月 22 日，《人民日报》发表短评：《斥美国对西藏的阴谋》。11 月 24 日，联合国大会总务委员会讨论决定：延期审理此案。这表明正义永远都是正义的，是不会向邪恶低头的。

当昌都战况传到拉萨后，噶厦立即召开了由重要官

藏军大部投降

员和三大寺堪布参加的大会。参加会议的人都是一张张懊丧的脸，对解放军的到来他们既愤怒又无奈。

在东藏，他们受到了解放军的沉重打击，但又不想与中央政府进行和平谈判，到底该怎么办呢？会上闹哄哄的，无法通过一致的决议。

达扎摄政的心情越来越失落，他深深地叹了一口气，决定请乃穷、噶东二位护法神出谋划策。

在拉萨西郊哲蚌寺下面，有一个专供护法神的乃穷寺，意为"永恒不变的妙言小岛"，供奉着西藏的主要护法神"佩阿甲布"。而乃穷曲均则是护法神预言未来的使者，噶东寺的曲均也是这样的使者。一直以来，西藏每逢要作出重大决定的时候，都要向这些可以预知未来的神巫请教。这一次自然更要求教于他们了。

在神秘庄严的气氛中，乃穷和噶东两寺的曲均被请到神的佛殿前。

仪式就这样开始了。首先，乃穷曲均跳着表演了一阵，嘴里念叨着什么，说是向神灵礼拜，多念经文，才可以保民平安，救民于水火之中。

"那么，我们到底是和解放军继续对抗呢，还是进行和平谈判呢？而且应由谁掌管全藏政教大权呢？你快说啊！"守在达赖佛殿的一些人已经受不了了。

"还是要多念经文，竭诚礼拜。"乃穷曲均的嘴里依然在模糊地念叨着什么，没有回答人们的问题。

"尊贵的乃穷神啊，为了西藏的政教大业，请问是战是和呢？谁来执掌大权呢？"那些官员不甘心，继续向乃穷曲均追问西藏的前途。这个时候乃穷曲均神色变得慌张起来，无奈之下，他终于承认"不灵了"。

看来，只好请教噶东神了。噶东神又和乃穷曲均一样，在那里表演了一阵，想趁人们不注意溜走，却被一个人拦住了。

那些官员说道："这次请求指点的，是关系到西藏政教存亡、众生命运的大事，我们肉眼凡胎难以定夺，请神睁开慧眼，给西藏指条出路吧。"

噶东曲均没有理会，一会儿拔出腰刀左杀右砍，吓得噶伦们忙向一边躲；一会儿就地跳起，弄得尘土飞扬。最后，噶东曲均突然伏跪在达赖喇嘛面前，悲情欲哭地说道："达赖喇嘛是全体僧俗人民的至宝，只要你亲自执政，就能给西藏众生带来幸福。"在座的摄政达扎闻言脸色惨白，神情沮丧，眼下也只能这样做了。

1950 年藏历 10 月 8 日，达赖喇嘛举行了亲政典礼。于是，西藏的政教大事就落在了这个 15 岁的达赖喇嘛身上；而到底是对抗还是和谈，达赖也不知所措。

藏军大部投降

继续挺进西藏

昌都战役历时 19 天，共击毙、伤、俘藏军 4 个团的全部、3 个团各一部，加上硕达洛松（即硕般多、边坝、洛隆）地区的民兵，共 5700 余人。

在这次战役中，进藏部队严格执行民族团结政策，部队在行军中一律不住民房，不进寺庙，在野外搭帐篷宿营。一些部队途中断粮，由营以上单位统一采购，不妄取群众一粒粮食、一头牛羊。

进藏部队严格的纪律得到了藏族人民的一致好评，让藏民更期盼西藏的和平解放。

在昌都战役胜利后，刘少奇感慨地说道："这真是解放西藏的淮海战役啊！"

这次战役有力地打击了西藏的反动顽固势力，极大地动摇了西藏地方当局的抵抗心理，使他们只有一条路可走，那就是和平谈判。

藏军投降以后，解放军受命继续设法与拉萨地方当局接触，争取和平谈判。

阿沛·阿旺晋美和总管府官员一行又回到了昌都。解放军首长王其梅按藏族风俗习惯予以接待，让他享受总管身份的礼遇。

王其梅、吴忠等常去看望阿沛，嘘寒问暖，向他讲解共产党的宗旨和党的民族宗教政策，同他一起学习讨论西南局制定的和平谈判十项条件，希望他利用个人的影响，劝说西藏地方当局和中央谈判。

这段生活，促成了阿沛认识上的巨大转变。于是，阿沛和40名官员给噶厦写了一份建议书。建议书传达了中央关于和平解放西藏的方针及对西藏的基本政策，建议噶厦派代表与中央谈判，和平解决西藏问题。

1950年年底，昌都地区成立昌都地区人民解放委员会。王其梅任主任，帕巴拉·格列朗杰、阿沛·阿旺晋美、察雅·罗登协绕、邦达多吉、德格·降央伯姆、平措旺阶、惠毅然、德格·格桑旺堆任副主任。

昌都地区人民代表会议上，还成立了昌都地区僧俗人民争取和平解放西藏工作委员会，发出了争取和平解放西藏的签名书。

昌都战役结束之后，按照原定部署，除了留下五十二师及军炮兵营驻守在昌都地区外，其余部队均后撤以解决补给困难。

五十三师师前指率一五七团返回康南之巴塘；军侦察、工兵两营及五十四师炮兵连返回甘孜；青海骑兵支队返回玉树；一二六团三营、一二五团三营返回云南之德钦、维西。九连在盐井开展上层统战工作和群众工作，在上、下盐井还建立了两所小学。

十八军留昌都地区部队的部署是：五十二师师部及军炮兵营驻昌都；一五四团暂驻恩达、类乌齐地区；一

藏军大部投降

五五团驻日通附近地区；一五六团驻江达。

入藏部队在这些地区休整越冬，准备第二年继续向拉萨进军。

昌都战役的胜利加速了和平谈判的进程。正是在这样的历史条件下，噶厦当局才不得不开始考虑派代表到北京谈判。

参考资料

《国史全鉴》本书编委会编著 团结出版社

《西藏民族解放的道路》李维汉著 民族出版社

《解放昌都》记工著 吉林文史出版社

《西藏的和平解放》廖祖桂著 中国藏学出版社

《共和国之战》李建编 中国社会出版社

《曙光从东方升起》晓浩著 四川民族出版社

《和平解放西藏五十周年纪念文集》张羽新主编 中
  国藏学出版社

《和平解放的西藏》林溥伦著 南方通俗读物联合出
  版社

《待解放的西藏》新华时事丛刊社编辑部编著 新华
  书店出版社

《解放了西藏》钱今昔著 劳动出版社

《解放中的西藏》汪永泽著 民丰印书馆

《西藏50年：历史卷》黄颢 刘洪记著 民族出版社

《解放战争大全景》豫颖主编 军事谊文出版社

《世界屋脊上的秘密战争》骆威著 中国藏学出版社

《西藏——近三百年政治史》伍昆明著 鹭江出版社

《走到西藏》陈永柱著 长征出版社

《西藏历史地位辨》王贵 喜饶尼马 唐家卫著 民族

出版社

《西藏通史》 陈庆英 高淑芬著 中州古籍出版社

《中国人民解放军：第二野战军战史》 本书编委会编
    解放军出版社

《新西藏》 中共中央文献研究室主编 外文出版社

《解放西藏史》 本书编委会著 中共党史出版社

《西藏历史》 陈庆英著 五洲传播出版社